KB123917

로크미디어가
유혹하는
재미있는 세상

이것이 **뷰**이다

이것이 법이다 11

2016년 6월 2일 초판 1쇄 인쇄
2016년 6월 8일 초판 1쇄 발행

지은이 자카예프
발행인 이종주

기획 팀 이기헌 송윤성
책임 편집 최전경

발행처 (주)로크미디어
출판등록 2003년 3월 24일
주소 서울시 마포구 성암로 330 DMC첨단산업센터 3층 314호
Tel (02)3273-5135 **Fax** (02)3273-5134
홈페이지 rokmedia.com **E-mail** rokmedia@empas.com

ⓒ 자카예프, 2015

값 8,000원

ISBN 979-11-5960-887-2 (11권)
ISBN 979-11-255-9575-5 04810 (세트)

이것이 법이다

11

자카예프 장편소설

로크미디어

CONTENTS

변호사의 덕목

    사람들이 무심하게 지나가는 시간. 하지만 백민대학교의 시선은 오로지 한곳에 쏠려 있었다.

    "시간 되지 않았습니까?"

    "네."

    "이제 슬슬."

    지난 1년간 백민대학교는 어떻게든 로스쿨이 되기 위해 노력했다. 그리고 그 결과가 바로 오늘 나온다.

    "발표 시간이 지났는데."

    사실 로스쿨이 될 거라 예상하는 학교들은 뻔하다. 한국의 하늘이라 불리는 3대 학교는 다 들어갈 테고 지방대 역시 형평성을 위해서 들어가게 될 테니 말이 10 대 1이지, 경기도

권은 40 대 1이라고 해도 부족할 경쟁력이었다.

"경선대학교라……"

누가 봐도 백민대학교의 라이벌은 경선대학교다.

'과거보다 더 유리하기는 하지만.'

노형진 역시 이번 싸움의 결과는 확신이 서지 않았다.

애초에 회귀 전 역사에서는 경선대학교가 승리하고 백민대학교가 패했다. 이번에 그걸 바꿔 보려고 경선대학교가 친일파 학교라는 것을 적극적으로 홍보하고 그들의 치부를 마구 공개하기는 했지만, 그들 역시 엄청난 로비를 해 왔다. 사회적으로 성공한 친일파들이 많은 관계로 적극적으로 경선대학교를 밀어줬기 때문이다.

'거참, 어이가 없기는 하네.'

노형진은 텔레비전을 보면서 입맛을 다셨다.

독립군이나 독립운동을 했던 정치인을 찾아서 도움을 청해 보려고 했지만 정치권에 그런 사람은 전혀 없었다.

심지어 아버지는 독립군 출신인데 정치인인 자식은 심각한 친일파인 경우도 있었다.

'나라가 이러니 이 꼴이지.'

노형진이 그렇게 입맛을 다시는 그때였다.

"나온다!"

그 말에 기다리고 있던 사람들의 시선이 모두 텔레비전으로 몰렸다.

"꿀꺽."

침을 꿀꺽 삼치는 소리가 들릴 만큼 모두 긴장하기 시작했다. 노형진 역시 이번에는 긴장하지 않을 수가 없었다.

'제발…… 제발…….'

이번에 실패한다면 그의 계획은 완전히 틀어지게 된다.

'그럼 대책 없는데.'

로스쿨을 나온 변호사들은 아무래도 실력이 사법시험 출신보다 훨씬 떨어진다.

문제는 그게 극단적인 빈익빈 부익부 현상을 낳는다는 것. 법에 대해서 말이다.

돈이 있으면 실력 있고 연줄이 있는 사법연수원 출신 전관에게 의뢰하고, 돈이 없으면 돈 없는 로스쿨 출신 변호사에게 맡기는 게 미래의 일이다.

당연히 돈이 없는 사람은 절대로 돈 있는 사람을 이기지 못한다.

─지금부터 로스쿨을 개설할 학교에 대하여 발표하겠습니다. 첫 번째는 한국대. 두 번째는 고조선대.

텔레비전에서 들리는 이름에 모두가 말도 못 하고 집중하고 있었다. 이름이 발표될 때마다 아쉽다는 눈빛이 스치고 지나갔다.

-그리고 경기도권은…….

"우리 지역이다!"
마지막 카드를 부여잡는 표정이 되는 사람들.

-백민대학교.

"우와!"
"성공이다!"
"만세!"
"성공이야! 으아아아!"
그 순간 백민대학교 회의실은 난리가 났다.
모두 펄쩍펄쩍 뛰면서 난리 법석을 떨었고 몇몇은 기운이
빠진 건지 축 늘어졌다.
"드디어…….."
백민대학교 총장은 그걸 보면서 멍하니 눈물을 흘리다가
노형진의 손을 잡았다.
"고맙습니다. 진짜로 고맙습니다."
그 역시 여러 라인을 통해서 자신들보다는 경선대학교가
될 가능성이 높다는 사실을 듣고 있었다. 그런데 마치 구세
주처럼 노형진과 새론이 등장하면서 자신들에게 로스쿨이
할당된 것이다.

이것이법이다

"별말씀을요."

노형진 역시 안도의 한숨을 내쉬면서 그런 그의 두 손을 꼭 잡았다.

"합격한 건 지금뿐입니다. 이제부터가 시작입니다."

그건 총장이 아닌 그 자신에게 하는 말이었다.

⚖️

"수고했네, 노 변호사."

"송 변호사님이야말로 수고하셨습니다."

백민대학교가 로스쿨이 되었다는 소식은 벌써 새론에도 다 퍼져 있었다. 노형진이 새론에 출근하자 수많은 사람들이 노형진에게 다가와서 축하의 인사를 건넸다.

"자네는 완전히 미다스의 손이야! 으하하!"

"미다스의 인생이 끝에 안 좋았던 거 아시죠?"

"그런가? 으하하하."

이렇게 한참 폭풍이 지나가고 난 후 노형진은 본격적으로 선발을 위한 준비를 하기로 했다. 당장 내년부터 새로운 학생을 선발해야 하는데 백민대학교에 협조 조건 중 하나가 선발권의 30%는 새론이 갖는다는 것이기 때문이다.

"그나저나 자네가 움직인 게 확실히 도움이 되었군."

"그래요?"

"그래, 내가 안에서 들어 보니 우리 새론의 힘이 컸던 모양이야."

"하긴 그렇겠네요."

당장 노형진은 경선대학교에 한 방 먹임으로써 그쪽에서 확보했던 양질의 변호사들이 모조리 경선대학교로 끌고 온 데다가 알게 모르게 인터넷에서 악소문을 퍼트리기도 했다. 사실 악소문이 아니라 있는 사실을 알려 준 것뿐이지만.

"결정적으로 플러스 점수가 된 게 실무와의 접촉인 모양이야."

"하긴."

실무를 전혀 배울 기회가 없는 다른 곳과 달리 이들은 학교 다닐 때 실무를 접하게 된다.

'이게 큰 문제지.'

원래 로스쿨을 나오면 6개월간 실무를 접해야 한다. 그런데 미래에는 그 어떤 변호사 사무실도 그걸 제공하려 하지 않았다. 설사 한다고 해도 아버지가 아주 잘난, 소위 말하는 금수저가 아닌 이상에야 로스쿨을 나왔다 하더라도 기회를 잡을 수가 없다.

'하지만 우리는 다르지.'

1학년 때부터 지원자에 한해서는 실무를 접할 수 있다. 사실상 박봉의 알바지만 경험이 부족한 것이 문제가 되는 로스쿨생들에게는 큰 기회가 될 것이다.

이것이 법이다

"이제는 사람을 뽑는 일만 남았군요."

"그거야 어렵겠나?"

남상주 변호사의 말에 송정한은 쉬울 거라고 생각했지만 노형진은 생각이 달랐다.

"전 좀 다르게 생각합니다."

"응? 그게 무슨 소리인가? 설마 로스쿨에 오려는 사람이 없을 거라는 건가?"

송정한의 말에 노형진은 고개를 흔들었다.

"그게 아니라 필요한 사람을 뽑아야 한다는 겁니다."

"필요한 사람?"

"네, 우리가 가난한 사람을 뽑기로 했지만 그것 말고도 우리의 미래를 위해서 뽑아야 하기도 합니다. 가난한 사람이라고 무조건 뽑을 수는 없지 않습니까? 불쌍한 건 불쌍한 거고 우리가 나아가야 할 길은 따로 있습니다."

"음……."

그 말에 송정한은 침묵을 지켰다.

"하지만 우리가 로스쿨을 지원한 이유가 뭔가? 가난하다고 기회가 박탈당하는 사람들을 돕고자 한 거 아닌가? 그런 거라면 우리를 위해서는 있는 사람을 뽑아야 한다는 건데 그건 서로 충돌하게 되네."

"아닙니다. 우리에게 도움이 되는 방법은 그것뿐만이 아니죠."

"그럼?"

"이걸 한번 읽어 보시겠습니까?"

노형진은 말보다는 행동으로 보여 주는 걸 더 좋아했기 때문에 뒤에서 뭔가를 꺼내서 송정한과 남상주 그리고 다른 변호사들에게 내밀었다. 그걸 하나씩 받아 든 사람들은 멍하니 바라보았다.

"이게 뭔가?"

"한번 읽어 보십시오. 도서관에서 복사해 온 겁니다."

"도서관?"

"네."

"음……."

그 말에 그걸 다시 보기 시작하는 변호사들.

하지만 채 10분도 지나지 않아서 그들은 이해할 수 없다는 얼굴이 되었다.

"이게 무슨 소리인지 모르겠네."

"저도요."

"전혀 모르겠네요?"

모두들 두 손 두 발을 다 들었다는 표정으로 복사된 종이를 다시 노형진에게 돌려줬다.

"그럴 겁니다. 이건 법이 아니니까요. 이건 전자공학, 이건 약학, 이건 생리학 그리고 이건 기계공학, 마지막으로 금속학입니다."

"이게 우리랑 무슨 관계가 있다고?"

다들 고개를 갸웃하는 사람들. 다 법과 상관없는 것이었기 때문이다.

"왜 대기업이 재판에 나가면 승률이 높다고 생각합니까?"

"응?"

"그거야…… 전관도, 능력 있는 사람들도 많으니까."

뜬금없는 대기업에 대한 이야기에 고개를 갸웃하는 변호사들.

"그들이 승률이 높은 건 당연합니다. 그쪽에는 전문가가 있으니까요. 그래서 대기업들은 남이 개발한 것을 그대로 복제해서 팔고 소송으로 그 권리를 빼앗아 옵니다."

"음……."

농담이 아니다. 대기업에 가면 특허권을 빼앗기 위한 부서가 따로 있을 정도다. 그들은 가능성이 있는 특허권을 구입하지 못한 경우 상대방을 몰락시켜서 그걸 빼앗는다.

"그게 가능한 게 왜 그럴까요?"

"그거야…… 그들은 그 기술에 대해서 잘 아니까 그런 거 아닌가?"

역시 남상주는 경험이 있어서 그런지 한 번에 그 이유를 알아냈고 그 소리를 들은 송정한은 뭔가 깨달은 얼굴이 되었다.

"설마 자네……."

"맞습니다. 전 이과생 위주로 뽑을 겁니다. 어차피 가난한 사람들은 취업을 위해서라도 이과로 가는 경우가 많으니 그들을 뽑는 데에는 문제가 없다고 생각합니다."

"이과생요? 하지만 법은 문과 아닌가요?"

민시아 변호사는 고개를 갸웃했다. 문과인 변호사들에 왜 이과생을 뽑는단 말인가?

"민 변호사님, 아까 받아 보신 게 약학이었죠?"

"네."

"만일 민시아 변호사님에게 의료사고가 배당된다면 어떻게 하시겠습니까?"

"그거야 당연히 해야지요."

"그럼 그 사건을 하는 데에 있어서 가장 관건이 되는 게 뭘까요?"

"글쎄요. 당연히 제가 모르는 의료 과정이 문제 아닐까요? 이게 진료 미스인지, 아니면 정상 진료인지 일단 알아야…… 아!"

민시아가 말하다가 깨달은 듯하자 다들 지금 노형진이 노리는 게 뭔지 알아차렸다.

"맞습니다. 우리는 그런 걸 전혀 모르지요."

그 말에 격하게 고개를 끄덕거리는 사람들.

"변호사들은 법의 전문가입니다. 하지만 다른 건 전혀 모르죠. 약사 약에 대해서는 알아도 법에 대해서는 잘 모르듯이."

"그렇지. 자네의 말이 맞네. 확실히 우리는 무지하지."

"로스쿨의 입학 조건은 간단합니다. 4년제 대학만 졸업하고 입학시험을 보기만 하면 됩니다."

"음…… 그렇지. 하지만 그들은 전문가는 아니지."

당장 로스쿨이 아니라 사법연수원생 출신이라고 해도 전혀 다른 부서의 다른 사건이 들어오면 그걸 해결하는 게 쉬운 일은 아니었다.

"물론 사건이 들어오면 감수해 주기는 하지만 결국은 남이 알려 주는 것입니다. 정보가 잘못 들어올 수도 있지요."

"그것뿐이면 다행이게."

만일 감수해 주는 사람이 작심하고 상대방과 짜면 이길 방법이 없다. 설사 그렇지 않는다고 해도 변호사가 그걸 단시간 내에 이해하는 데에는 한계가 있다.

"우리나라의 의료 소송에서의 승소율은 10% 미만입니다. 누가 봐도 의료사고인데도 지는 경우가 많지요. 왜 그럴까요?"

"모르니까."

변호사는 진통제와 소염 진통제와 소염제의 차이를 모른다. 설사 안다고 한들 그 차이가 얼마나 큰지는 이해하지 못한다.

"하지만 이런 특수 학과 출신들은 분명히 압니다. 설사 모른다고 해도 이해하는 건 엄청나게 빠르지요."

"그렇겠지."

어찌 되었건 자신이 배운 것이니 말이다.

"사법연수원 출신들은 법의 전문성이 뛰어납니다. 하지만 솔직히 로스쿨 출신은 법의 전문성에 있어서는 기대기 힘들어집니다.”

“하긴……."

로스쿨의 기간은 3년이다. 반면에 일반적으로 사법연수원 출신들은 대학 기간 4년과 사법연수원 기간 2년을 합쳐 최소 6년 동안 준비한다. 거기에다 사법시험을 치르기 위해서 혼자 공부하는 기간은 빼고 말이다.

“이들이 시장에 나서면 미래에 모두 로스쿨생인 경우라면 모르겠지만 사법연수원 출신이 있는 한 앞으로 10년 이상 그 빛을 보기는 힘들 겁니다.”

지금까지 텔레비전과 언론에서는 로스쿨에 대해서 장밋빛 전망만을 이야기하고 있었다. 그런데 노형진이 암울한 말을 하자 다들 얼굴을 찌푸렸다.

“너무 억측 아닐까요?”

누군가의 말. 하긴 모두가 장밋빛만 바라보는 상황에서 누군가 '아니오.'라고 하면 그게 억측으로 보이기 마련이다.

하지만.

'내가 직접 본 거니까.'

로스쿨은 변질되어 가면서 질이 낮은 변호사들을 양산하게 된다. 그리고 학교별 서열이 생기면서 부자나 권력자의 자식은 좋은 로스쿨을 나와서 비싼 로펌에서 연수받은 뒤 판사나 검사 쪽으로 간다. 반대로 없는 사람들은 제대로 연수도 못 받고 나와서 사회에 내던져진다.

"솔직히 말하지요. 우리나라에 취지는 좋았던 정책이 한두 개입니까? 그런데 그런 취지대로 된 적 있습니까?"

"……."

그 말에 아무런 말도 못 하는 변호사들.

맞는 말이다. 취지가 아무리 좋으면 뭘 하나, 그걸 이용해서 가진 자들이 자기 배를 채우는 데에 쓰는데.

애초에 대부분의 정책이나 취지는 그럴듯하지만 결국은 가진 자들의 배를 채우기 위해서 만들어지는 경우가 대부분이었다.

"당장 비정규직만 봐도 그렇습니다. 고용의 유연성이니 어쩌니 하지만 결국 정규직을 잘라서 비정규직만 양산하지 않습니까?"

"후우, 그렇기는 하지."

물론 해외에도 비정규직은 있다. 하지만 해외는 고용 안정성을 포기하는 대신에 월급을 1.3배, 즉 30%를 더 줘야 한다. 그런데 우리나라는 월급을 절반으로 자르기 쉽게 만들어 났으니 상식적으로 아무리 사람이 좋아도 정규직을 쓰려고 할 이유가 없다.

"결국 그 뒤를 봐야 합니다. 제가 봐서는 이 로스쿨 제도도 애초에 법원에서 통과될 때 누더기가 되어서 제대로 효과를 발휘하지 못할 겁니다."

"끄응……."

사람들이 모르는 것 중 하나. 그건 바로 로스쿨 제도가 실질적으로 누더기라는 것이다.

원래 대통령은 누구든 열심히 공부하면 성공할 수 있고 또 그들로부터 공평한 법률적 지원을 받을 수 있는 좋은 제도로 만들었지만 국회의원들과 가진 자들은 그걸 받아들일 수 없어서 게거품을 물었고 결국 로스쿨 제도를 갈가리 찢어서 자신들의 입맛에 맞게 가진 자들의 일종의 음서 제도로 만들어 버렸다.

"그걸 막으려고 제가 학교까지 섭외해 가면서 우리가 통제하려고 한 거고 말입니다."

"그런데 지금 자네가 말한 게 진짜로 도움이 될까?"

"될 겁니다. 한쪽에 전문가는 아니더라도 그걸 이해하는 사람이 소송하게 되면 대기업이나 사기꾼들이 장난치기 힘들어지지요. 소송해 봤으니 아시잖습니까?"

"그건 그렇지."

송정한은 고개를 끄덕거렸다.

대기업과 소송하게 되면 만나는 첫 번째 벽은 다름 아닌 어려운 단어들이다. 대기업이나 사기꾼들은 공학박사니 디자이너니 하는 전문가들을 총동원해서 판사와 피해자에게 어려운 말을 잔뜩 하는데 그걸 이해하지 못하니 결국은 질 수밖에 없는 것이다.

"그리고 이건 미래를 위한 포석이 될 겁니다."

"사전 포석?"

"만일 미래에 판사들을 경력직으로 뽑게 된다면 어떻게 될까요?"

"응? 그게 무슨 말인가?"

순간 이해가 가지 않는다는 표정이 되는 사람들. 경력직 판사라니?

"현행 사법연수원 시스템은 성적순으로 뽑습니다. 공부를 잘하면 판사, 그다음은 검사 그리고 그 아래가 변호사죠."

그 말에 고개를 끄덕거리는 사람들.

"하지만 로스쿨이 된다면 그런 성적을 어떻게 매겨야 할까요?"

"......!"

그 말에 사람들은 노형진이 하는 말이 뭔지 알아차렸다. 그렇다면 그 후에는 판검사를 어떻게 뽑을 것일까?

"그리고 지금 큰 문제 중 하나가 바로 국민들의 법 감정입니다. 그렇게 평생 공부만 한 사람들이다 보니 일반적으로 법 감정에 대해서 무지하고 사람들의 의견과는 정반대 되는 판결을 하고는 합니다. 사회생활을 해 본 경험이 없어서 그런 것이지요."

"음......."

그런 문제는 벌써 수십 년 전부터 있어 왔다. 단적으로 보자면 사기의 경우 사기당한 사람은 전 재산을 날리고 가족이 찢어지다 못해 자살하는 경우까지 있다. 그렇다면 그 사기꾼에 대한 처벌은 뭔가? 대부분은 집행유예다.

판사들은 승리자여서 돈이 없는 생활이 뭔지 잘 모르는 경우가 많은 데다가 수십억짜리 사건을 한 달에 여러 건을 처리하다 보니 수천만 원밖에 안 하는 돈이 상대적으로 적어 보이기 때문이다.

문제는 그게 판사에게는 작은 돈일지라도 한 가정에서는 평생을 모아 온 전 재산이라는 것이다. 그걸 이해하지 못한 판사는 얼마 안 된다고 판단하고 집행유예를 때려 버린다. 그럼 사기꾼은 빼돌린 재산을 가지고 떵떵거리면서 살게 된다.

"그런 문제 때문에 미국 방식이 도입될 가능성이 높습니다."

"미국식?"

"네, 사회적으로 경험이 있고 덕망이 있는 변호사들이 판사로 들어가게 되는 거죠."

"아!"

이렇게 되면 여러 좋은 점들이 있다.

일단 사회적으로 인정받은 사람이 선발될 가능성이 높아진다. 물론 금수저를 뽑는 게 현실이긴 하지만 그래도 아예 금수저만 뽑지는 못할 것이다.

다른 하나는 그들이 사회생활을 해 보면서 일반적인 사람들의 생활에 대해서 이해하게 된다는 것. 그래서 터무니없는 판결을 하지 않을 가능성이 높아진다는 것이다.

"그렇다면 어떤 사람이 판사가 될까요?"

"그거야······."

부잣집이나 권력이 있는 사람들은 그들의 대상이 아니다. 그렇다면 다른 사람일 가능성이 높다.

"바로 전문적인 사람이죠. 수많은 사건이 있는데 사실 수많은 사건 중 판사가 제대로 판단할 수 있는 사건은 거의 없습니다. 당장 의료 소송을 한다 해도 그 의료 기록을 보는 법도 모르는 판국이니 말입니다."

"그렇군. 만일 판사를 뽑아야 한다면······ 아무래도 전문적인 지식이 있는 판사에게 가산점이 들어가겠지."

"맞습니다."

송정한은 노형진이 뭘 이야기하는지 알아차렸다. 아무리 법적인 통찰력이 어떻다느니 법적인 지식이 어떻다느니 해도 전문적인 사건을 담당하게 된다면 당연히 그 사건과 관련된 지식을 가진 사람이 유리한 것이 사실이다.

"하지만 지금까지 우리나라는 그런 구조가 아니었지요."

"그렇지."

공부해서 수능을 잘 보고 좋은 대학의 법대를 가서 사법고시를 보고 사법연수원을 거쳐 판검사나 변호사가 된다.

"전문적인 기술이라는 게 들어갈 자리 없지."

물론 진짜 재능 있고 미래를 볼 줄 아는 변호사들은 자신의 가치를 올리기 위해서 스스로 전문 기술을 일부 공부하기는 하지만 말 그대로 일부일 뿐이다. 절대로 전부는 알 수가 없는 것이다.

"그러니까 우리는 방향을 그쪽으로 잡아야 합니다. 어차피 로스쿨은 대학생일 때는 어느 학과더라도 상관없습니다."

"음······."

"로스쿨생의 질적인 하락은 어쩔 수가 없습니다. 상식적으로 법대 4년 사법시험 준비 기간과 사법연수원 기간까지 합하면 법을 배우는 것의 양이 반 이하로 줄어드는 꼴이니까요."

"그렇지. 그래서 자네가 실무로 가르치자고 한 것 아닌가?"

"그렇지요."

책으로 배우는 것은 오래 걸린다. 하지만 경험으로 배우는 것은 확실히 빠르다.

"부족한 법의 전문성을 경험으로 메우면서 기간 동안 추가적인 법의 교육을 계속한다면 당장은 아니더라도 장차 엄청난 실력을 가진 변호사가 나오겠지요."

"그렇겠군."

당장 뭔가를 할 때 그쪽 업계 사람들과 짜고 변호사들이 일반인이나 판사들이 이해하지 못하는 어려운 말을 사용함으로써 사건 해결에 유리한 위치를 선점하는 방식은 흔하다. 그게 불법도 아닌 변호의 기법이다.

'그렇지만 그걸 우리가 막을 수 있다면.'

전문 변호사가 있다면 상대방이 어떤 말장난을 하든 문제 없다.

그렇다면 전국에 있는 전문적인 사건은 거의 새론이 쓸어 온다고 봐도 과언은 아닐 것이다.

"자네는 머릿속에 점쟁이라도 들어앉아 있는 건가?"

남상주는 노형진의 말을 듣고는 혀를 내둘렀다. 일이 그렇게까지 변해 갈 거라고는 생각도 못 했기 때문이다.

"뭐, 비슷한 게 들어 있다고 해 두죠."

노형진이 피식 웃자 남상주도 피식 웃었다. 중요한 건 그게 아니기 때문이다.

"자네 말이 맞네. 우리가 뽑아야 하는 건 흔한 사람들이 아니라 이과 출신의 재능 있는 사람이어야겠군."

"네, 그리고 그 사람은 멀리서 찾을 필요 없습니다."

"멀리서 찾을 필요가 없다?"

"제가 적당한 사람을 알고 있거든요."

노형진의 말에 다들 고개를 갸웃했다. 이제 로스쿨이 시작되었는데 벌써 알고 있다는 노형진이 이상했던 것이다.

"뭐, 이상하기는 하지만."

하지만 지금까지 단 한 번도 노형진이 말을 허투루 한 적이 없었기에 송정한은 고개를 끄덕거렸다.

"자네를 믿네."

그렇게 새론의 미래를 이끌어 갈 인재를 찾기 위한 노력이 시작되었다.

⚖

"여긴가?"

밤하늘을 날아가는 까마귀 그리고 뉘엿뉘엿 지는 해와 산 그림자.

"여기에 인재가 있다고요?"

"허름하다고 인재가 없는 건 아닙니다. 도리어 이런 곳에 있는 인재를 찾는 것이 우리의 목적이 아니던가요?"

"그거야 그렇지요."

무태식은 고개를 끄덕거렸다. 돈 많고 화려한 곳에 있는 인재가 이쪽에 올 리 없다. 그리고 그런 사람은 필요하지도 않다.

"임진기 의원이라……. 거참, 실력이 좋다고는 말 못 하나 보네요."

"그렇지요."

그들이 서 있는 곳. 그곳에는 임진기 의원이라고 간판이 붙어 있는 건물이 있었다. 하지만 여기는 서울이나 수도권도 아니다. 심지어 도시 자체도 아니다. 그저 면 단위의 작은 동네일 뿐이다. 그런데 그런 곳에 병원을 열었으니 실력이 없든가, 돈이 없든가, 아니면 둘 다 없든가.

이것이 병이다

"이 사람은 좀 그런 거 아닌가요?"

"사람의 재능은 하나만 보고 판단할 수는 없는 법입니다."

노형진은 임진기 내과의 간판을 바라보았다.

임진기. 그는 노형진이 기억하는 수많은 변호사 중 한 명으로 독특한 점이 있었다. 바로 의료 소송의 최고봉이라는 것.

'머리가 좋았지.'

그는 머리가 좋았다. 가난한 집에서 천재라고 할 수 있는 머리를 가지고 태어났기 때문에 사람들의 기대를 많이 받았고 그 기대에 부응하기 위해 열심히 공부해서 의사가 되었다.

'하지만 자기 길이 아닌 게 문제였지.'

공부는 잘하고 끈기도 있었지만 의사로서의 재능은 전혀 없었다. 실습도 간신히 통과했고 임상 점수는 말 그대로 최악. 거기에다 가난하기까지 한 그로서는 이런 멀고 먼 곳에 작은 의원을 여는 게 최선이었다.

'하지만 인생은 뭐…… 한 방이라고 해야 하나?'

그렇게 재능 없는 삶을 살던 그는 어떻게든 살아 보겠다고 공부해서 로스쿨에 들어갔다. 그 한 방은 인생을 바꿨다. 쉽게 이해하지 못하는 의학 용어를 다 알고 있는 데다가 약의 효능도 알고 있는 덕분이었다. 아무리 임상 점수가 낮다고 해도 그건 외과적인 부분에 한해서지, 약이나 처치에 관해서는 충분히 기억하고 있기 때문이다.

더군다나 의료 소송을 하다 보면 맞닥뜨리게 되는 가장 큰 문제 중 하나가 의사들이 개발새발 날려 쓰는 정체를 알 수 없는 필기체다. 오죽하면 의사들이 그렇게 악필로 쓰는 이유가 소송을 피하기 위해서라는 소리가 있겠는가? 그런데 그는 그걸 알고 있는 현직 의사였다.

'그걸로 인생이 바뀌었지.'

특화된 지식, 수많은 경험. 그건 그를 의료 소송 전문 변호사로 만들었고 말 그대로 대한민국의 수많은 의료 소송을 스펀지가 물을 흡수하듯 빨아들이면서 엄청난 부자가 되었다.

'당연히 이 사람이 1순위다.'

노형진은 몸을 단정하게 하고는 무태식을 바라보았다.

"들어갈까요?"

"네."

무태식과 함께 안으로 들어가자 '디링' 하는 문에 달린 방울이 울리고 안쪽에서 간호사가 한 명 나왔다.

"어서 오세요."

'아, 이 사람이구나.'

노형진은 그녀가 누군지 알 수 있었다. 그녀는 임진기의 아내였다. 레지던트 시절에 만나서 결혼했고 가난한 의사를 따라서 여기까지 와 준 사람이었다. 사실 여기서는 인건비를 줄 상황이 아니기 때문에 그녀가 이곳의 유일한 간호사였다.

"임진기 선생님을 뵈러 왔는데요."

"여기 처음이신가요? 진료카드를 작성해 주세요."

진료카드를 내미는 그녀. 아마도 환자라고 생각한 모양이다. 하지만 노형진은 그 진료카드를 다시 그녀 쪽으로 밀었다.

"그게 아닙니다. 개인적으로 같이 일해 주셨으면 해서 온 겁니다."

"일? 혹시 어디 병원에서 오신 분인가요?"

기대하는 얼굴이 되는 그녀. 하긴 그녀라고 걱정되지 않는 건 아닐 테니 말이다.

"그건 아닙니다. 다만 임진기 선생님에게 제안드릴 게 있어서요."

"제안요?"

"네."

"음, 잠시만요. 선생님."

슬쩍 노형진을 바라보던 그녀는 안으로 들어가더니 잠시 후 진료실에서 고개를 삐쭉 내밀었다.

"이쪽으로 들어오세요."

"그렇죠."

노형진과 무태식이 안으로 들어가자 젊지만 걱정이 많아 보이는 남자가 그곳에 앉아 있었다.

"반갑습니다. 저에게 제안할 게 있다고 하셨다면서요? 아, 죄송합니다. 이쪽으로."

진료실에 제대로 된 의자가 있을 리 없다. 당연히 노형진과 무태식이 앉은 곳은 환자를 볼 때 쓰는 침대였다.

"네, 함께 일하고 싶어서요."

"병원은 아니라고 하셨고……. 그럼 연구직입니까?"

의사라고 다 진료만 하는 건 아니다. 신약 개발이나 실험 등을 해야 의료 기술이 발달하니 그걸 연구하는 연구직도 있기 마련이다. 하지만 노형진은 고개를 흔들었다.

"의학 쪽은 아닙니다."

"네?"

의학 쪽이 아니라는 말에 고개를 갸웃하는 임진기.

"의학이 아니라면?"

"법학입니다. 저희는 새론 법무 법인에서 나왔습니다."

"새론 법무 법인요?"

그 말에 그는 고개를 갸웃했다.

'소송당한 건가? 아니야…… 소송당했다면 이들이 올 리 없지. 그리고 이들은 함께 일하자고 온 거잖아? 그럼 감수를 요청하는 건가? 하지만 새론에는 감수해 줄 사람들이 엄청 많을 텐데?'

감수란 어떤 소송을 할 때 그걸 설명해 주는 사람이다. 변호사들이 바보도 아닐뿐더러 전혀 모르는 채로 소송하지는 않으니까. 그걸 아는 것과 이해하는 게 전혀 다르다는 것이 문제지만.

"감수 의뢰인가요?"

결국 임진기는 생각나는 것이 감수뿐이었다. 사실 감수만 해도 상당한 돈이 들어오니 쪼들리는 병원 운영에 큰 도움이 될 것 같았다. 하지만 노형진이 고개를 흔들자 도무지 이유를 알 수가 없었다.

"도무지 이해할 수가 없군요. 전 의사입니다. 변호사 사무실에서 함께 일하자고 찾아올 이유가 없는데요."

결국 포기하고 물어보는 그였다. 지금은 로스쿨 쪽에 대해 알아보지 않는 시점이니 그럴 수밖에.

"간단합니다. 저희가 지원해 줄 테니 변호사가 되시라는 겁니다. 단, 졸업 후에 저희 새론에 취업하는 조건입니다."

"네?"

생각지도 못한 뜬금없는 말에 임진기는 어리둥절해졌다.

"저보고 변호사를 하라고요?"

"그렇습니다."

"전 의사입니다만?"

"하지만 상황이 좋지 못한 의사이시기도 하지요."

"음……."

노형진이 예리한 곳을 찌르자 그는 작게 신음성을 흘렸다. 기분 나쁘지만 맞는 말이었다. 사실 이 작은 의원조차도 운영하기 벅찬 상황.

"도대체 저한테 그런 제의를 하는 이유가 뭡니까?"

전혀 뜬금없는 말이다 보니 그는 노형진에게 반문할 수밖에 없었다. 그러자 노형진은 여기까지 찾아온 이유를 천천히 말해 주기 시작했다.

"저희는 특화된 변호사를 키우고자 합니다. 지금까지는 긴 시간 때문에 불가능했지만 로스쿨이 그걸 가능하게 만들었지요."

"특화된 변호사?"

"그렇습니다."

특화된 변호사가 뭔지 모르는 그를 위해 노형진은 계획을 천천히 말해 줬다.

"그러니까 사건별로 특화된 인재들을 영입하시려는 겁니까?"

임진기 역시 의사를 할 만큼 똑똑한 사람이었기 때문에 금방 이해했다. 노형진은 긍정의 의사를 밝히기 위해 고개를 끄덕거렸다.

"왜 하필 저를……."

"좀 알아봤습니다. 기분 나쁘실지 모르지만 의사로서는 재능이 없으시더군요. 정확히는 이론에 대해서는 잘 아시지만 임상 쪽에는 전혀 실력이 없더군요."

"하아, 알아보고 오셨다니. 맞습니다."

외과 쪽이 목표였지만 도무지 사람 몸을 가르고 수술할 수가 없었다. 같은 이유로 돈이 되는 성형외과나 치과 쪽은 꿈도 꾸지 못했다. 그나마 몸에 손을 대지 않는 내과에 오기는 했지만 돈이 없어서 이런 시골에 작은 의원을 낸 것이 한계.

"우리는 실력이 좋은 분을 찾는 게 아닙니다. 직접 사람을 가르고 검증하는 게 아니니까요. 이론적으로 잘 알고 그걸 법과 결부시킬 수 있는 분을 찾고 있는 겁니다."

"음……."

"그리고 공부는 잘하시고 이해력은 높지만 외과 쪽 임상에 대해서는 거부감이 강하시니 저희가 원하는 인재라고 할 수 있겠지요."

그는 기분이 묘했다. 칭찬인 것 같긴 한데 한편으로는 욕인 것 같기도 했으니까.

"그럼 저는 어떻게 해야 합니까?"

"그곳에 다니시는 동안 월 200만 원씩 지급해 드립니다. 물론 그냥 드리는 건 아닙니다. 선불 개념입니다. 졸업 후 일하면서 갚아 나가시면 됩니다."

"음……."

"지금 병원에서 나오는 수익보다는 많을 것 같은데요?"

"하아……."

임진기는 그 말에 어쩔 수 없다는 듯 고개를 끄덕거리면서 수긍했다.

"솔직히 말씀드리면…… 그렇습니다. 하지만 만일 그랬다가 변호사가 못 되면요?"

"그렇게 되면 10년 무이자로 상환하시면 됩니다."

"10년 무이자……."

"우리가 한 선택입니다. 만일 우리가 실수한 거라면 우리도 그 리스크를 책임질 생각입니다."

"음……."

그 말에 임진기는 심각한 얼굴이 되었다. 솔직히 의사로서는 그의 미래가 전혀 안 보이는 것이 사실이었기 때문이다.

"선택은 본인이 하시면 됩니다."

노형진은 자신의 명함을 내려놓았다.

"결정되시면 연락 주십시오."

"알겠습니다."

노형진이 나가는데도 불구하고 간단하게 인사한 그는 자리에 앉아서 고민하고 있었다.

노형진이 그냥 쉽게 나오자 무태식은 고개를 갸웃했다.

"대답을 듣지 않고 가나요?"

"일생을 걸고 결정해야 하는 일입니다. 쉬울 리 없지요. 그리고 우리는 만나야 하는 사람이 많습니다."

그 말에 무태식은 수긍한다는 듯 고개를 끄덕거렸다.

"그건 그렇지요."

어떻게 알았는지 모르지만 무태식은 수많은 명단을 가지고 왔고 그들을 설득해서 영입하는 것이 이들의 최종 목표였다.

"움직일 시간이 얼마 없습니다."

그 말에 무태식은 고개를 끄덕거렸다.

"빨리 움직이죠."

그들은 그렇게 그곳을 떠났다.

그리고 그 뒤에서는 임진기가 복잡한 얼굴로 떠나는 그들을 바라보고 있었다.

첫 번째 로스쿨 입학생은 내년.

그리고 그 1년간 이들은 수많은 고민을 할 수밖에 없었다.

정당성이란 무엇인가

"응?"

노형진은 들어오다가 말고 고개를 갸웃했다. 손님들이 앉아서 기다리는 자리에 작은 여자아이가 앉아 있었던 것이다.

"이 애는 누구야?"

"아, 오셨어요?"

노형진이 고개를 갸웃하는데, 입구에 있던 여직원이 곤란한 표정을 지었다.

"이 아이는 누군데?"

"그게, 변호사를 고용하겠다고 다짜고짜 찾아와서요."

"변호사를?"

그 말에 다시 아이를 바라보는 노형진. 잘해야 고작 초등

학교 4학년이나 되어 보이는 여자아이.

"참 별일이네. 무슨 사건인데?"

"형사요."

"형사?"

"네, 엄마가 아빠를 죽였다고……."

그 말에 노형진은 눈을 찌푸렸다. 그다지 좋은 사건은 아니었기 때문이다.

"형사면 국선이 붙었을 텐데?"

"그렇겠죠. 근데 모른다는데요."

"하긴 아직은 어리니까."

잘해야 초등학교 4학년인 아이가 국선이니 뭐니 하는 법률적인 과정을 알 리 없다. 그냥 어디서 상식으로 변호사를 고용해야한다는 소리만 들었을 것이다.

"어려 보이니까 잘 다독거려서 보내 줘요."

"네."

노형진은 아이를 바라보다가 잘 챙겨 주라는 말 한마디만 하고 안으로 들어갔다. 그런 사건이라면 국선변호인이 잘 알아서 해 줄 거라 생각했기 때문이다.

하지만 그런 노형진의 생각은 시간이 지날수록 조금씩 바뀌었다. 매일같이 출근할 때마다 그 아이는 언제나 회사 로비의 응접실에서 기다리고 있었던 것이다.

바뀐 거라고는 아예 숙제를 할 만한 것을 꺼내서 공부하는 거라고 할까?

몇몇 여직원들은 옆에 앉아서 공부를 가르쳐 주기까지 하는 걸 보니 친해지기까지 한 모양이었다.

'하긴 당연한 건가.'

저렇게 작은 아이가 하루 종일 앉아서 있으니 입구를 지키는 여직원으로서는 불쌍했을 것이다. 그렇다고 변호사들에게 뭐라고 할 수 있는 처지도 아니다.

아무리 직원이라고 하지만 그녀들은 결국 입구 안내를 하는 사람일 뿐이지, 정식으로 법적인 일을 하는 사람이 아니기 때문이다.

"흠⋯⋯."

노형진은 문득 고개를 갸웃했다.

'도대체 무슨 사건일까?'

분명 무슨 사건일 것 같기는 하다. 하지만 섣불리 말을 꺼내기가 힘들었다. 그랬다가 사건을 담당하지 않겠다고 하면 아이가 실망할 수도 있으니까.

'애초에 희망을 주지 않는 게 맞는 일이기는 한데.'

그렇다고 저런 아이가 마냥 학교에도 안 가고 여기서 기다리게 할 수는 없는 노릇이다.

'그래, 일단은 좀 두고 보자.'

굳이 직접 들을 필요는 없다. 결국 친해지면 여직원들이 알게 될 테니 그때 생각하면 될 일이다.

"앉으세요."

"네."

안내를 담당하는 여직원인 방혜숙은 잔뜩 긴장한 얼굴이었다. 난데없이 변호사가 불렀기 때문이다.

'내가 뭘 잘못했나? 그 아이를 쫓아내지 않아서 그러나?'

가장 먼저 생각나는 것은 그 아이였다.

'도대체 왜 날 부른 거지?'

그녀는 그저 입구에서 안내만 하는 사람일 뿐이다.

"긴장하지 마세요. 간단하게 질문할 게 있어서 부른 겁니다."

"네……."

"혹시 입구에서 기다리는 아이의 사정에 대해 알고 있는 게 있습니까?"

"아, 은혜요?"

"이름이 은혜인가요?"

"네, 윤은혜요."

"그런데 무슨 일인가요?"

들기로는 이 방혜숙이라는 사람이 그 아이와 가장 친하다고 했다. 그렇다면 그 아이는 도움을 청하기 위해서라도 그녀와 이야기했을 가능성이 높다.

"그게 엄마를 위해서 고용해야 한다고……."

"그건 저도 알고 있습니다. 하지만 자세한 사건을 듣고 싶다는 거죠."

"그건 아이한테 물어보시는 게……."

"그러고 싶지만 그러기 위해서는 아이를 불러야 합니다. 그런데 그렇게 불렀다가 안 받아들여지면 아이의 실망이 클 겁니다."

"아……."

그제야 방혜숙은 고개를 끄덕거렸다. 확실히 이야기를 듣기 위해서 부르면 아이는 기대할 것이다. 그리고 거부당한다면 실망도 큰 법이다.

"저도 자세한 이야기는 몰라요."

"그래요?"

"네, 엄마가 아빠를 죽였다고, 그래서 자기는 고아원에 가야 할지도 모르는데 엄마랑 같이 있고 싶다는 정도만……."

"흠……."

어쩌면 그 나이의 아이들에게는 복잡한 이유를 설명할 수 없을지도 모른다.

'아니, 이런 건 설명할 방법이 없다고 봐야 하나.'

사실 엄마가 아빠를 죽였다는 사실을 어떻게 아이에게 설명한단 말인가?

"그럼 혹시 그 사건이 뭔지 알아볼 방법이 있어?"

"음…… 없어요. 엄마 이름은 안다는데."

"그건 너무 넓은데?"

한국의 어디서 벌어지는 사건인지도 모르는 데다가 피고한 명의 이름 가지고 찾기에는 사건의 종류가 많다. 그렇다고 법원마다 전화해서 알려 달라고 한들 법원에서 그걸 알려줄 리 없다.

"음…… 아! 맞다! 지난번에 명함을 보여 준 적이 있어요."

"명함?"

"네, 엄마를 도와주는 사람인데 자기는 그 사람이 싫다고했어요. 그 사람이 준 명함이라는데……."

"혹시 이름을 알아요?"

엄마를 도와주는 사람이라면 둘 중 하나다. 치정 관계에있던 내연남이든가, 법원에서 붙여 준 국선변호인이든가.

'치정인가.'

남자라는 말에 노형진은 약간 실망감이 들었다. 확실히 치정에 빠져서 남자를 죽이는 사건이 없는 건 아니니까.

"덕배라고 하던가?"

"변호사?"

"네."

"아, 덕배…… 혹시…… 이 씨?"

"맞아요! 이 씨!"

"이덕배라……. 끄응…… 일단 치정은 아닌데 그렇다고좋다고 말할 수도 없네요. 좋은 녀석은 못 되는지라."

"네?"

"좋지 않아요. 무슨 사건인지 모르겠지만."

이덕배는 변호사다. 문제는 그다지 실력이 있는 변호사가 아니라는 것. 금수저로 태어나 국영수는 잘해서 변호사까지 되기는 했지만 말 그대로 국영수만 잘하는, 즉 암기 위주의 머리를 가지고 있다 보니 통찰력과 직관력이 필요한 변호사라는 직업에 맞는 사람은 아니었다.

"그 녀석은 제대로 일하는 녀석이 아닌데."

사실 더 큰 문제는 그 녀석이 그걸 고칠 생각이 없다는 것이다. 변호사라는 타이틀에 취해서 마치 인생의 승리자처럼 지내려다 보니 배울 생각이 없어서 제대로 된 손님이 오지 않자 국선변호인 노릇을 하면서 손님을 받고 있다는 것이다.

'완전 개쓰레기에게 걸렸군.'

문제는 그 녀석은 그것마저도 제대로 하지 못한다는 것이다. 국선을 선임하는 이유가 뭔가? 선임할 돈이 없는 것이다. 그런데 이 녀석은 그렇게 담당하게 된 사람을 겁주고 회유해서 국선 변호가 아닌 정식 수임으로 돌려 버린다. 만일 싫다고 하면 변호도 개떡같이 해 버린다. 하지만 돈이 없어서 국선변호인을 받는 사람으로서는 억울해도 찍소리도 할수가 없다.

"아."

그 말에 안타까운 얼굴이 되는 방혜숙.

"뭐, 방법은 없는 건 아닙니다. 이 녀석에게 직접 물어봐야겠네요."

"뻔하다니요?"

"이 녀석에게 물어보면 답해 줄 겁니다."

"그렇게 쉽게요? 좋은 녀석은 아니라면서요?"

"이런 녀석은 사실 좀 뻔하거든요."

좋게 말해서 준다면 좋겠지만, 그렇게 하지 않는다면 좀 거친 방법을 쓰는 수밖에 없다. 그리고 노형진은 이런 녀석을 다루는 법을 누구보다 잘 알고 있었다.

⚖

"아이고, 그 유명하신 노형진 변호사님께서 이런 누추한 곳에 어쩐 일로 오셨습니까?"

간죽거리는 이덕배를 보면서 노형진은 코웃음이 나왔다.

'누추 같은 소리하고 자빠졌네.'

솔직히 이곳은 노형진의 사무실보다 좋고 화려하다. 실력이 나쁜 것을 감추기 위해서 돈으로 처바른 덕분이었다.

"사건이 궁금한 게 있어서 말입니다."

"사건?"

"이영희라는 분의 사건을 좀 알고 싶습니다."

"남의 사건에 왜 그렇게 관심이 많으실까?"

입가에 비웃음이 가득한 이덕배. 사실 이덕배는 노형진보다 훨씬 더 빨리 변호사가 되었다. 하지만 실력이 부족해서 여전히 밑바닥이었고 그 때문에 빠르게 치고 올라온 노형진을 좋아하지 않았다.

"그냥 좀 알려 주십시오. 알아야 할 게 있어서."

"싫은데요? 변호사에게는 비밀 엄수의 의무가 있다는 거 모르십니까?"

맞는 말이다. 하지만 그건 변호사가 의뢰인에게 불리한 정보를 빼돌리는 것을 막으라고 있는 것이지, 의뢰인의 인생을 망치라고 있는 규정이 아니다.

"비밀 엄수의 의무가 아니라 비밀 엄수의 권리입니다."

노형진이 정정해 주자 더욱 기분 나쁜 얼굴이 되는 이덕배.

"하여간 전 알려 드릴 생각이 없으니 그냥 가시죠."

그 말에 노형진은 한심하다는 얼굴이 되었다.

'이럴 줄 알았다.'

능력도, 실력도 없이 허영만 가득한 놈이다. 부잣집에서 태어나서 배운 것이라고는 자기 자신에 대한 탐욕과 오만뿐이었다. 그리고 그를 움직이는 이유 자체도 탐욕 때문이었다.

'그 덕분에 망했지만.'

결국 미래에 로스쿨이 생기고 나서도 그 버릇은 고치지 못했고 순식간에 파산해서 서울역에서 노숙하는 모습이 발견되기까지 했다.

'그리고 네놈의 약점은 내가 아주 잘 알고 있지.'

물론 아직은 외부에 알려지지 않았을 테지만 말이다.

"이덕배, 네가 그렇게 자신이 있냐?"

갑작스러운 노형진의 말에 얼굴이 딱딱해지는 이덕배. 나이로 보나 기수로 보나 이덕배가 훨씬 선배다. 그럼에도 불구하고 노형진이 갑자기 반말을 하자 어이가 없어진 것이다.

"이 새끼가 갑자기 미쳤나?"

"미친 건 너지. 의뢰인들한테 그 짓 하다가 걸리면 좋게 안 끝날 거라는 걸 알면서 아랫도리를 그렇게 돌리고 있냐?"

"……!"

그 말에 이덕배의 눈이 엄청나게 커지기 시작했다.

"뭐라고? 너 이 새끼……!"

"과연 변호사 협회에서 그걸 알게 된다면 뭐라고 할까?"

"……."

"내가 단순히 그 사건 때문에 온 게 아니야. 경고도 같이 하러 온 거지. 이영희 사건과 관련해서 네가 무슨 짓을 하고 있는지 모를 것 같나?"

그 말에 이덕배는 움찔했다.

"네가 뭘 안다고……."

애써 마음을 진정시키면서 노형진이 아무것도 모른다고 생각하려고 했지만 다음 말에 심장이 덜컥 내려앉는 기분이 되었다.

"남자가 아랫도리를 잘못 돌리면 패가망신하는 것은 당연한 법이지."

"너…… 이 새끼……."

화가 나는 것처럼 이야기했지만 그는 화보다 겁이 더 났다. 화낼 만큼 능력이 있는 놈도 되지 못했기 때문이다.

"왜 틀린 말 했나?"

그는 변호사다. 그리고 그런 변호사라는 자리를 이용해서 여자를 여럿 건드렸다. 물론 그게 나쁜 건 아니다.

문제는 그는 찾아온 의뢰인 중 여자들을 건드렸다는 것. 즉, 상대방 사정이 좋지 않은 점을 이용하여 여성 의뢰인에게 마수를 뻗는 버릇이 있었던 것이다.

'그 덕분에 저 녀석은 인생이 작살났지.'

다른 사람도 아닌 의뢰인, 또는 의뢰인의 가족들 중 여자들을 건드리는 것은 변호사 윤리에 심각하게 위배되는 것이다. 결국 나중에 그게 드러나면서 인생이 박살 나는 가장 큰 이유가 되었다.

'뭐, 그 버릇을 고치지는 못할 테지만.'

지금 경고해 준다고 해서 과연 그가 그 버릇을 고칠까?

그건 힘들다. 노형진의 기억이 맞는다면 그는 주변 사람들이 모른다고 생각하지만 아주 친밀한 몇몇은 알고 있었다. 다만 모른 척해 줄 뿐이었다.

심지어 아직 그때가 아니지만 한 명은 넌지시 경고까지 해

줬음에도 그는 그 버릇을 고치지 못했다.

'뭐, 나랑 상관없지'

어찌 되었건 그에게 필요한 것은 관련 사건에 대한 정보.

"뭘 요구하는 거냐!"

"내가 뭘 요구할 거 같나?"

"이이익."

이를 박박 갈던 그는 일어나서 뒤에 있는 서류철로 가더니 누런 봉투 하나를 꺼내서 노형진의 앞으로 휙 던지면서 욕설을 내뱉었다.

"썅!"

"거봐. 좋은 게 좋은 거라니까."

노형진은 그걸 받아서 살피기 시작했다. 담당 사건이 아니니 가지고 갈 수 없었기에 보는 데에 주저하지 않았다.

'쯧쯧, 꼴 바라.'

노형진은 봉투에서 나오는 서류의 양을 보고 혀를 끌끌 찼다. 아무리 그래도 살인 사건이다. 그런데 준비된 서류가 터무니없이 얇았다.

즉, 이덕배가 제대로 된 준비를 하지 않았다는 뜻이다.

'운이 좋다면 좋군.'

그나마 운이 좋다고 할 수 있는 건 그 덕분에 봐야 하는 양이 줄어들었다는 점과 또 사심 없이 판단할 수 있다는 점이다.

"계획 살인이기는 한데…… 이거 완전 골 때리는군."

이것이 법이다

검찰의 징역 50년. 살인 방식은 술에 취해서 쓰러진 남자의 목을 졸라서 살해.

'이건 빼도 박도 못한 계획 살인인데.'

문제는 비어 있는 한 칸.

"살인 이유가 뭔가? 비어 있는데?"

"알 게 뭐야."

그 말에 노형진은 비웃음이 나왔다.

'썅노무 새끼.'

살인은 나쁜 짓이다. 하지만 그 이유가 극적이고 정당할수록 형량을 줄일 수 있다. 당연히 변호사로서는 가장 먼저 알아야 하는 것이다. 그런데 '알 게 뭐야.'라니.

"그 여자는 엄청 비협조적이었다고."

"그렇겠지."

이덕배가 변명처럼 하는 말에 대꾸하면서도 노형진은 그 비협조적이라는 것이 결코 살인의 이유에 대해서만 말하는 것은 아니라는 생각이 들었다.

"남편이 밤일을 안 해 주니까 마음에 안 들어서 죽였나 보지, 뭐."

그의 깐죽거림을 무시하면서 노형진은 최대한 이유를 생각해 보기 시작했다.

'분노? 아니야. 분노였다면 이렇게 할 게 아니라 칼 같은 걸 썼겠지. 어차피 술에 취한 남자는 무력하니까. 그럼 분노

에 관한 건 아니라는 거니 사주? 아냐, 사주받아서 죽일 이
유도 없거니와 그것치고는 너무 허술해. 남자의 허리띠로 죽
였다는 건 분명 미리 흉기를 준비하지 못하고 급박하게 결정
했다는 건데…….'

계획범죄처럼 보이지만 노형진이 보기에 이건 계획범죄가
아니었다. 뭔가 그녀를 자극해서 그녀에게 범죄를 실행할 동
기를 부여한 것이다.

'그렇다면…….'

붙어 있는 사진을 보던 노형진은 서류철을 '턱.'하고 덮었다.

"이 사건, 우리가 가지고 가지."

"그럴 줄 알았지."

이덕배는 예상이라도 한 건지 툴툴거리면서 고개를 돌렸다.

"내일 중으로 사퇴서를 제출하지. 어차피 이딴 사건에는
관심도 없었으니까."

"그러면 고맙겠군. 이건 내가 가지고 간다."

노형진이 서류를 챙기고 일어났지만 이덕배는 신경도 쓰
지 않았다. 진짜로 관심이 없었던 것이다.

노형진은 그런 그를 두고 서류만 들고 그곳에서 나왔다.

⚖️

"갑자기 이렇게 사건을 들고 오면……."

노형진이 사건을 들고 등장하니 송정한은 곤란한 얼굴이 되었다. 난데없이 사건을 들고 오면 조정하는 게 참 복잡하기 때문이다.

"아무래도 느낌상 이건 우리가 해야 할 거 같아서요."

"느낌상?"

"입구에 있는 여자아이 사건 말입니다."

"그 아이 사건? 그걸 하려고? 살인이라며?"

살인은 절대로 용서할 수 없는 최악의 범죄 중 하나다.

새론은 변호사 집단이기는 하다. 하지만 진짜로 명백한 범죄에 대해서는 최대한 선임을 거절한다. 피해자들을 구제하는 것만으로도 바빠 죽겠는데 가해자들을 도울 시간은 없다는 송정한과 다른 변호사들의 의견 때문이었다. 그런데 가해자, 그것도 최악의 사건인 살인이라니?

"살인이라고 해도 단순히 모두 나쁘다고 말할 수는 없습니다."

"모두 나쁘다고 말할 수 없다?"

"네, 누구도 도와주지 않는 상황에서 자신이나 누군가를 지키기 위해서 하는 경우도 있으니까요."

"음……."

"우리나라 경찰 체계의 문제점 아시잖습니까?"

"하긴, 그것도 그렇군."

우리나라의 고질적인 문제.

그건 다름 아닌 사후 처방에만 매달린다는 것.

가령 어떤 문제가 있으면 사전에 막는 게 아니라 사건이 터지고 난 뒤에 나선다는 것이다.

실제로 어떤 스토커가 주변을 돌면서 목숨을 위협하는데도 경찰이 한 말은 사건이 터지기 전까지는 그들이 할 수 있는 것이 없다는 것이었다.

물론 거짓말이다. 스토커 처벌에 관련된 법이 있지만 단순히 일하기 싫었던 것뿐이다. 결국 사건은 사후에 체포하는 비극적인 결말로 끝나고 말았다.

"우리나라 경찰은 기본적으로 일이 터지기 전까지는 절대 움직이지 않습니다. 정당방위는 더욱이 성립되지 않지요. 극한에 몰린 상황에서도 도움의 손길을 구하는 것은 극도로 제한되어 있습니다."

"그럼 자네가 보기에는 이번 사건이 그런 사건이라는 것인가?"

"네."

"왜 그런 생각을 했나?"

"머그샷 때문입니다."

"머그샷?"

머그샷은 경찰에서 체포하면 찍는 일종의 얼굴 확인용 사진을 뜻한다. 머그샷이라는 이름이 붙은 이유는 머그에 얼굴이라는 뜻도 있기 때문이다.

"그게 왜?"

"얼굴에 멍이 여전히 남아 있더군요."

"멍?"

"네, 기록에 따르면 술에 취해서 잠든 남자의 목을 졸라서 죽였다고 했는데 그러면 얼굴에 남아 있는 멍이 이유가 되지 않습니다."

"흠."

그 말에 송정한은 신음 소리를 흘렸다.

얼굴에 남아 있는 멍. 그건 단순히 싸움을 뜻하기도 하지만 경험이 많은 그로서는 그게 매 맞는 아내라는 이유가 될 수 있다는 사실도 알고 있었기 때문이다.

"매 맞는 아내일 가능성이 높다?"

"네."

"확실히 그럴 수도 있지."

가끔 있다. 원래 이건 명백하게 경찰이 체포해야 한다. 하지만 경찰은 그런 신고가 들어오면 부부 간의 문제라면서 얼굴을 삐쭉 내밀고는 그냥 돌아간다.

문제는 그 후다. 가뜩이나 아내를 때리는 남편이 신고당한 걸 알면 그냥 두겠는가? 그러다 보니 미친 듯이 더 패서 아내가 맞아 죽거나 아내가 살기 위해서 남편을 죽이는 경우가 종종 있다.

"그런데 왜 갑자기?"

매 맞는 아내라는 건 하루 이틀 문제가 아니다. 그런데 갑자기 살인이라니?

"말하지 않은 게 있겠지요."

"말하지 않은 것?"

"네."

"흠."

이유는 알 수 없지만 피해자가 이야기해 주지 않는 무언가
있을 가능성이 높다는 것.

"좋네."

송정한은 결단을 내렸다.

"이번 일은 우리가 맡도록 하지."

"하지만 아까도 말씀드렸지만 이건 수임료가 없습니다."

"알고 있네. 그 부분은 대룡이랑 이야기하면 그쪽 협회에
서 내줄 거야."

그 말에 노형진은 고개를 끄덕거렸다.

"자네는 이번 일만 잘 해결하면 되네."

"알겠습니다."

그렇게 노형진에게 새로운 사건이 다가왔다.

⚖

"반갑습니다. 이번에 새로이 사건을 담당하게 된 노형진
변호사입니다."

"안녕하세요."

초췌하고 지친 여자는 수의를 입고 인사했다. 뭔가 포기한 듯한 얼굴.

"전에 있던 변호사는 사정이 있어서 그만뒀습니다."

"네."

그녀의 얼굴을 보면서 노형진은 이덕배가 일을 제대로 하지 않았다는 것쯤을 아는 건 어려운 일이 아니었다. 그녀의 얼굴에서 불신을 읽을 수 있었기 때문이다.

"전에 일하던 변호사처럼 무능력하지는 않을 테니 걱정하지 마십시오."

"네?"

"이전 변호사가 많이 무능력했지요?"

그 말에 그녀는 깜짝 놀란 얼굴이 되었다. 설마 그걸 읽어 낼 거라 생각하지 못했던 것이다.

"아, 네……."

"그나저나 사건 기록을 다 살펴봤습니다만……."

노형진은 본격적으로 이야기를 꺼냈고 몇 가지 사실을 확인했다. 왜 죽였는지 그리고 어떻게 죽였는지 등등. 하지만 그걸 하면서도 노형진은 걸리는 게 있었다.

'뭔가 감추고 있어.'

이유는 타당해 보인다. 매일같이 술에 취해서 자신을 때렸다는 것. 그래서 욱해서 죽였다는 것.

'그건 아닌 것 같은데…….'

허리띠로 목을 졸랐다는 것은 계획적인 살인이라는 뜻. 그러나 보통 이런 상황이면 계획적으로 살인하기보다는 도망치는 것을 선택한다.

'저항하지 않는다? 그것도 아니야.'

많은 사람들은 왜 매 맞는 아내나 남편이 도망가지 않는지 궁금해한다. 보통은 그런 상황이면 도망가서 이혼소송을 할 거라 생각하기 때문이다.

그러나 사실 사람은 그 상황에 길들여지면 움직이지 못하게 된다.

'그런데 살인은 그런 상태를 단박에 깨 버리는 상황이라는 말이지.'

노형진이 봤을 때 이 여자는 길들여진 상태다. 그래서 도망도 못 가는 상태.

'그런데 왜 갑자기 그렇게 극단적인 선택을 한 거지?'

그런 길들여진 상태에서 갑자기 벗어나 극단적 선택을 한 이유를 말하고 싶어 하지 않는 게 확실했다.

"잠시 손을 좀 볼 수 있을까요?"

"손요?"

"네, 아무래도 감옥에서는 가혹 행위 같은 게 있을 수 있어서 신체의 상해 정도를 체크해 놔야 해서요."

"아, 네……."

이영희가 별 의심 없이 손을 내밀자 노형진은 그녀의 손을 잡고는 살피는 척하면서 넌지시 질문을 던졌다.

"그런데 아까부터 느낀 건데, 저한테 감추시는 게 있는 것 같습니다?"

"가, 감추다니요?"

"살인하신 이유가 단순히 영희 씨를 때려서가 아닌 것 같은데요? 안 그렇습니까, 이영희 여사님?"

그 말에 그녀가 움찔하자 순간적으로 그녀의 기억이 노형진의 손을 타고 치고 들어왔다.

그녀는 재빨리 손을 뺐지만 이미 노형진은 그녀의 기억을 읽어 낸 후였다.

"없어요! 그런 거!"

그녀가 격하게 거부했지만 노형진은 사정을 알아차리고는 얼굴을 사정없이 찡그렸다.

'이런 미친.'

하긴 이런 사건이 없으면 좋겠지만 있다는 게 문제였다. 그리고 이런 상황이라면 살인한 그녀의 마음이 충분히 이해가 갔다. 그리고 말하지 않는 것도.

"은혜 문제 때문입니까?"

"네?"

"은혜 말입니다."

"……!"

그 말에 부들부들 떠는 이영희.

"무슨 생각을 하시는지 압니다. 하지만 이런 일은 알려지는 것보다 아이가 정신적으로 충격 받는 게 더 큰 문제입니다. 이대로 감추고 커 가면서 아이 인생이 망가지는 걸 보시겠습니까? 아니면 여기서 사실을 공개하시고 정신적 치료를 받도록 하시겠습니까?"

"……."

"아이가 지금은 모르겠지만 미래에도 모르지는 않을 겁니다. 거기에다가 엄마가 살인으로 감옥에 가 있는 상황이라면 도대체 아이 인생은 어떻게 될까요?"

"흑흑……."

결국 그녀는 울음을 터트렸고 노형진은 말리는 대신에 그저 그녀를 바라보면서 감정이 정리될 때까지 기다려 주었다.

그렇게 한참이 지나고 나서 그녀는 힘겹게 입을 열었다.

"어떻게 아셨어요?"

"변호사니까 이런저런 사건을 하게 됩니다. 비슷한 경우가 있었지요."

"네……."

그 말을 마지막으로 한참을 침묵을 지키던 이영희.

그녀는 결국 상당한 시간이 지난 후에야 힘겹게 입을 열었다.

"제가 살인을 결심한 건…… 은혜 때문인 게 맞아요."

"그럴 거라 생각했습니다."

기억을 읽기는 했지만 그걸 공식 기록으로 남길 수는 없다. 결국 아픈 기억을 그녀 스스로 말해야 한다.

'하지만 그게 훨씬 나을지도.'

당장은 힘들지 몰라도 누군가 이런 문제를 들으면서 해결해 주는 것이 그녀에게는 훨씬 좋을 수밖에 없다.

"일요일이었어요…….."

남편은 노가다로 하루하루를 먹고살았고 그것만 가지고 생활이 힘들었기 때문에 그녀는 식당으로 일하러 다녔다고 한다.

그런데 그날 주변에서 사고가 있었다. 공사하던 포클레인 한 대가 주변에서 수도관을 건드린 것이다. 그로 인해 수도관이 터지면서 갑작스럽게 단수되자, 업종의 특성상 하루 종일 수도를 써야 하는 식당은 아무것도 할 수가 없었다.

"그래서 그날은 일찍 들어갔지요. 사실 일찍 들어가는 게 거의 불가능했으니까 처음에는 좋다고 생각했어요."

일당은 일당대로 받고 일도 거의 안 했고 심지어 일찍 퇴근한다는 생각에 그녀는 오랜만에 집에서 딸과 놀아 줄 생각을 하면서 집으로 갔다고 한다.

그런데 그녀가 도착했을 때 남편이 와 있었다. 노가다를 뛰지 못하는 날은 일찌감치 들어오기 때문에 그거야 특이한 일은 아니었다. 문제는 그런 남편의 행동이었다.

"그 녀석이…… 그 녀석이…… 윤혜의 팬티 안에 손을……."

차마 그 뒷말을 하지 못하는 이영희. 노형진은 그런 그녀를 다독거려서 마지막 진술을 받고는 서류를 덮었다.

'망할 새끼 같으니라고.'

세상에는 짐승만도 못한 녀석이 있기 마련이다.

'뭐? 인간의 생명은 모두 고귀하다고? 웃기고 자빠졌네.'

변호사로서 일하면서 느낀 것.

그것은 말로는 인간의 생명은 모두 고귀하다고 말하지만 실상은 그렇지 않다는 것이었다.

법원에서 나오는 판결을 보면 돈이 많고 권력이 많을수록 고귀하며 일반인인 경우 가해자일수록 고귀하다. 피해자는 언제나 버려질 뿐.

"알겠습니다. 여기까지만 이야기하죠."

"흑흑흑."

이영희는 감정을 정리하지 못하고 한참을 눈물을 흘렸지만 노형진은 그저 그녀를 바라볼 뿐이었다.

"이 사건은 제가 어떻게든 도와 드리겠습니다."

"그런데 제가 감옥에 가면 영희는 어떻게 되나요?"

"아마도…… 고아원, 아니 보육원으로 가겠지요."

"흑흑…… 불쌍한 것……."

눈물을 흘리는 이영희.

"걱정하지 마세요. 생각보다 오래 있지 않게 될 겁니다."

노형진은 이 모녀를 오래 떨어트리고 싶은 생각이 없었다.

⚖

"으우……."

"진짜 혐오스럽군요."

노형진은 오자마자 변호사들을 모아 놓고 이번 사건을 공개하고 도움을 청했다.

"일반적인 경우에는 우리가 알아서 하지만 이번 사건은 변호인단을 구성해야 할 것 같습니다."

"변호인단을요?"

"네."

변호인단 구성. 그건 말 그대로 누군가를 위해서 모든 변호사들이 힘을 합하는 것을 뜻한다.

"지난번 변호인단 구성은 집단 강간 사건 때였지요. 우리가 봤을 때는 이번에도 그래야 한다고 생각합니다."

"난 찬성일세."

남상주는 가장 먼저 찬성의 의사를 던졌다.

"딸을 키우는 입장에서 그런 개 같은 놈이 죽었다는 게 솔직히 다행이야. 졸지에 인생이 꼬여 버린 의뢰인에게는 미안하지만."

그는 마음을 굳혔는지 벌써 의뢰인이라고 부르기까지 했다.

"하지만 이건 지난번 사건과는 전혀 다를 텐데."

송정한은 그런 노형지의 말에 걱정스럽게 말했다.

"그렇겠지요."

"지난번에는 언론을 등에 업고 움직였지만 말이야. 이번에는 그럴 수가 없어."

지난번 집단 강간 사건의 경우에는 적이 확실했고 더군다나 누가 봐도 한쪽이 나쁜 일이기 때문에 언론을 이용하기 힘들었다. 하지만 이번 사건은 그게 아니다.

"어찌 되었건 이번 사건은 살인이 끼어 있네. 언론에 노출되면 양비론이 되기 쉬운 사건이야. 결국은 어느 쪽의 가치가 중심이 되느냐가 관건인데 그건 사람마다 다르니까."

그 말에 다들 얼굴을 찌푸렸다. 그렇다면 일이 복잡해지기 때문이다.

"더군다나 언론을 타게 하기도 힘든 게 이런 사건이야. 섣불리 타게 만들면 모녀의 인생이 꼬여 버리고, 그렇다고 안 하자니 아무래도 사람들의 의견을 이쪽으로 몰기도 힘들단 말이야. 아무래도 집단적인 뭔가를 하는 건 무리이지 싶은데?"

결국은 언론 플레이를 할 수 없는 사건의 특성상 소수가 나을 것 같다는 뜻이다.

"물론 맞는 말입니다."

송정한의 지적이 맞다. 이런 사건은 너무 드러나면 아이의 미래에 좋지 못한 영향을 주게 된다.

"하지만 다른 먹잇감을 던져 주면 됩니다."

"다른 먹잇감? 지난번처럼 자네가 나서려고 하는 건가?"

"그건 아닙니다. 그리고 이번 사건에는 제가 지난번처럼 나서기에는 사건 자체에 문제가 있지요."

"그건 그렇지."

지난번 집단 강간 사건 때 노형진은 온갖 기행을 일삼으면서 사람들의 시선이 자신에게 끌리게 만들어 피해자들을 보호함과 동시에 사건에 대한 관심을 지속적으로 끌고 가서 상당히 좋은 결과를 만들어 낼 수 있었다. 하지만 이번에는 그럴 수가 없었다.

"그때와 지금은 다릅니다. 송 대표님 말씀처럼 그때는 적이 명확했는데 이번에는 그렇지 않으니까요. 자칫 잘못하면 살인자를 옹호한다고 욕먹기 쉽지요."

"그럼 누구를 던져 준단 말인가?"

"적당한 상대가 있습니다. 그리고 그 때문에 제가 변호인단을 구성하고자 하는 겁니다."

"그것 때문에?"

"네, 복합 소송을 하려고 생각 중입니다."

"복합 소송?"

낯선 단어에 다들 고개를 갸웃했다. 복합 소송이라는 단어는 처음 들어 봤기 때문이다.

"한국에서는 좀 생소한 개념일 겁니다. 복합 소송이라는 이름도 제가 붙인 것이니까요."

"그게 뭔데?"

"말 그대로 여러 가지 소송을 한꺼번에 진행함으로써 그 결과의 총합이 의뢰인에게 유리하도록 만드는 겁니다."

"소송의 총합? 하지만 소송은 사건별로 개별적 사건일세."

모든 소송은 개별적인 사건으로 판단되며 법적으로는 외부의 압력을 받아서는 안 된다.

"법적으로나 그렇지요. 하지만 현실은 아니잖습니까? 당장 전관과 로비스트가 판치는 이유가 뭔데요?"

"음."

그 말에 다들 고개를 끄덕거렸다. 법적으로는 완벽하지만 그걸 집행하는 인간은 완벽하지 않다.

"우리는 복합 소송을 통해서 이번 사건을 이슈화시킴과 동시에 피해자를 보호하고 이번 사건에서 승리를 쟁취하는 겁니다."

"흠."

송정한은 잠시 고민했다. 복합 소송이라는 낯선 방식 때문이었다. 지는 건 두려운 게 아니다. 하지만 복합 소송이라는 방식을 취하면 사건이 많아진다는 문제가 생긴다. 문제는 그런다고 의뢰 비용이 늘어나는 것은 아니라는 것.

'돈…… 돈……. 아니다. 돈보다는 사람이다.'

어차피 지금도 새론은 많은 돈을 벌고 있다. 새론은 정의

로우며 피해자들을 적극적으로 도와준다는 이미지를 가지고 있는 덕분이다.

"알겠네. 이번 사건의 변호인단. 구성하게."

송정한은 결심을 굳혔고 그렇게 새론의 두 번째 변호인단의 구성이 결정되었다.

국민의 지팡이?

"엄마!"

노형진은 일단 가장 먼저 그동안 떨어져 있던 모녀가 만날 수 있게 배려해 줬다. 물론 면회는 기본적으로 창 너머로 이루어지는 것이 보통이지만 변호사의 경우 접견실을 사용할 수 있기 때문에 그곳에서 만나게 했다.

"은혜야."

그동안 못 봐서 그런 건지 이영희는 은혜를 품에 안고는 놔주려고 하지 않았다. 그저 품에 안긴 아이를 꼭 안으면서 눈물을 흘릴 뿐이었다.

"반가우신 건 알겠지만 그래도 감정은 추슬러야 합니다. 저희의 일은 시간 싸움이니까요."

"네."

한참이 지나서야 노형진은 두 사람을 진정시켰고 그 둘은 눈물을 흘리면서 자리를 잡았다.

"은혜야, 엄마랑 이야기해야 하는데 자리 좀 비켜 줄래?"

"……."

"은혜야, 그래야 엄마가 빨리 나가."

이제부터 들어야 하는 내용은 어린 은혜가 들어서 좋을 것이 하나도 없는 일이기에 노형진은 은혜에게 나갈 것을 종용했지만 은혜는 나가기 싫다는 듯 영희를 바라보았다.

"나가 있으렴. 다시 부를게."

"……네."

"나가면 아까 같이 온 언니가 있을 거야. 일단 그 언니랑 있으렴."

노형진은 바깥에서 기다리는 민시아 변호사에게 은혜를 넘기고 난 후에 차근차근 입을 열었다.

"고맙습니다. 돈도 안 받으시고……."

"아닙니다. 변호사라는 게 사회적 정의를 위해서 일하는 거지, 돈을 위해서 일하는 건 아니니까요."

물론 대부분의 변호사들은 처음의 생각을 잊어버리고 돈을 버는 데에 집중한다는 게 문제지만 말이다.

"일단 말씀하신 대로 알아봤습니다. 이번 사건의 경우 워낙 증거가 명확합니다. 자기 진술을 하셨고 증거에서도 지문이 나왔으니까요."

"전 죄인이니까요."

그 말에 노형진은 약간 얼굴을 찌푸렸다.

"죄인이 아닙니다. 죄인은 이 나라예요. 이영희 씨가 아니고요. 솔직히 미국이었으면 이런 터무니없는 상황은 오지 않았을 겁니다. 그런데 한국이라는 이유로 이런 터무니없는 상황이 된 겁니다."

미국의 공권력은 무자비하다. 물론 가끔은 과하다는 소리를 듣기는 하지만 어찌 되었건 한 가지는 확실하다. 좋은 게 좋은 거라는 태도가 없다는 것.

가령 미국에서 이런 사건이 벌어진다면 어떻게 됐을까? 당장 남자를 체포하고 모녀를 안전한 곳으로 대피시켰을 것이다. 미국인들이 다른 건 다 용서해도 절대 용서하지 않는 것이 아동 성범죄이다. 심지어 죄수들조차 아동 성범죄를 용서하지 않는다.

'난리가 났겠지.'

실제로 아동 성범죄자가 감옥에 들어가자 그에게 벌어진 일은 집단 강간이었다. 감옥에 있던 범죄자들이 그가 아동 성범죄자라는 사실을 알고는 집단 강간을 모의했고 그는 수십 명에 달하는 남자들에게 집단 강간을 당하는 바람에 괄약근이 파손되어서 결국 평생 변 주머니를 차게 만들었다.

"한국인이라는 이유로 이 꼴이 되신 겁니다. 절대로 자기 잘못이라고 하지 마세요."

"하지만⋯⋯."

"그런 게 법적으로 얼마나 손해인지 모르실 겁니다."

회귀 전 노형진에게는 이런 일이 있었다. 한국에서 이민 온한 아이가 사고로 죽었는데 그 아이의 어머니가 자기 잘못이라며 자기 탓을 했다. 그러자 그걸 들은 미국 경찰이 현행범으로 즉각 체포했다. 한국식의 자책 문화의 폐해였다.

'그 당시 그거 해결하려고 얼마나 고생했는지.'

한국은 자책 문화가 강하다. 사회의 문제나 다른 범죄의 피해임에도 불구하고 자책하도록 교육시킨 덕분이다. 그래서 범죄자들은 더욱 잘 살고 착한 사람들은 더욱 못 살게 됐다.

"제가 봐서는 이건 애초에 대응하지 못한 경찰의 잘못입니다."

"경찰요?"

"제가 사건 기록을 봤습니다. 출동이 무려 여덟 번이 넘더군요."

"네⋯⋯."

그녀가 살던 집은 좋은 집이 아니다. 다닥다닥 붙어 있는 서민들이 사는 집. 그중에서도 1층이다. 허름한 집에서 매일같이 폭행이 벌어졌으니 주변 주택에서 신고한 것이다.

"그런데 기소된 적은 한 번도 없죠?"

"네⋯⋯."

"그 결과가 이겁니다. 그리고 한 가지 이상한 게 있는데요."

"어떤?"

"이 날짜에 출동한 거 말입니다. 성추행 신고하셨지요?"

"……!"

노형진이 내민 날짜를 본 이영희는 눈빛이 크게 흔들렸다.

"그걸 어떻게? 경찰이 말해 줬나요?"

"아니요, 그럴 리가 있나요. 하지만 살인 사건 바로 이틀 전입니다. 그리고 계획범죄로 하셨지요?"

"…… ."

계획범죄라는 말에 힘든 얼굴이 되는 이영희. 하지만 말할 건 말해야 했다.

"뻔하죠. 성범죄로 신고했지만 가정 내 범죄라고 처리 안 하고 돌아가지 않았습니까?"

"네, 그랬어요."

울먹거리는 이영희를 보면서 노형진은 분노가 치밀었다.

'망할 새끼들 같으니.'

상식적으로 아무리 엄마가 극단적인 사람이라고 할지라도 아비라는 인간이 자기 딸을 성추행하는데 '아, 죽여야겠다.' 라고 생각하는 사람은 없다. 당연히 신고부터 했을 것이다. 그럼에도 불구하고 극단적인 선택을 할 수밖에 없었던 이유. 그건 바로 경찰이 사건을 처리하지 않고 그냥 갔다는 것.

'그렇게 일하기 싫어?'

물론 모든 경찰들이 이런 것은 아니다. 제대로 된 경찰도 존재하며 그들은 이런 일에 분개하고 피해자를 돕기 위해서 노력한다. 하지만 상당수의 경찰들은 열심히 일하려 하기보다는 승진에 목을 매달 뿐이다.

'그 망할 놈의 승진 점수.'

그 이유는 다름 아닌 승진 점수 때문이다.

가령 강도 사건을 해결하는 게 승진 점수가 20점이라면 주차 딱지는 승진 점수가 1점이다. 얼핏 보면 참 합리적으로 보인다.

문제는 그 과정이다. 강도 하나를 해결하려면 못해도 사나흘은 걸린다. 필요한 경우는 철야도 해야 한다. 당연히 힘들다. 그에 반해서 주차 딱지 1점은 상습 주차 구역에 가서 한번 스윽 돌면 그만이다. 그러니 경찰이 본격적으로 범죄를 수사하고 범죄자를 잡는 대신에 하루에 두어 번씩 돌아도 실적이 좋은 주차 단속을 하는 것이다. 주차 단속 이삼일 하면 100점 모으는 건 일도 아니니까.

"왜 그런 걸 말씀하지 않았습니까?"

"몰랐어요."

"끄응, 몰랐다고 해결될 문제가 아니니 갑갑하군요."

대한민국은 국민이 법에 대해서 몰랐다고 해도 봐주지 않는다. 소위 말하는 법의 안정성을 위해서다. 피해자가 몰라서 법의 보호를 받지 못하면 그 법의 무지로 인한 피해는 피해자가 감당해야 한다. 그런데 아이러니하게도 대한민국이 정한 위법성 조각 사유, 즉 처벌받지 않을 조건에 보면 법에 대해서 몰랐을 경우는 처벌하지 않는다는 조항이 있다. 그래서 범죄자들은 몰랐다고 항변하면 감형되거나 심지어 아예 처벌받지 않는 경우도 있다.

"법적인 문제에 대해서는 섣불리 자기 잘못이라는 말을 하는 거 아닙니다. 물론 뉘우치는 척하면서 형량을 깎으려는 경우도 있기는 하지만 기본적으로 잘못했다고 인정하면 검찰은 그걸 이용해서 최대한 일을 편하게 하려고 하니까요."

"설마요."

"설마가 아닙니다. 그들은 상대방의 사정 같은 건 살피지 않습니다. 오로지 편하게 일하려는 생각뿐이죠."

"……."

"일단은 이번 사건의 경우에는 그 점을 확실하게 넘어가야 할 것 같습니다."

"그 점이라면?"

"이 사건을 만들어 낸 건 경찰이라는 점을요."

"네?"

"이번 사건은 복합 소송입니다. 그리고 그걸 위해서는 이영희 씨의 도움이 필요합니다."

노형진은 방법을 하나씩 이야기하기 시작했고 그 말을 들은 이영희는 사색이 되었다. 그도 그럴 것이 노형진이 하는 말은 실질적으로 국가를 대상으로 소송하겠다는 소리였기 때문이다.

"하지만 그게 문제가 되지 않을까요?"

"사람들은 그렇게들 생각하지요. 내가 경찰이나 검찰, 아니면 법원을 고소하면 어떤 손해가 있지 않을까? 그런데요. 솔직히 말해서 아무런 손해도 없습니다. 그 애들이 소송당하는 게 어디 한두 건일 것 같습니까?"

그럼에도 그런 이미지를 그대로 두는 건 그럴수록 자기 집단을 건드리는 사람이 적어지기 때문이다.

"과감하게 고소하면서 이 사건을 키울 겁니다."

"키운다?"

"네, 의뢰인을 위해서 말입니다. 하지만 그러기 위해서는 의뢰인께서 우리 방법에 동의해 줘야 합니다."

"어떤?"

"어떤 거냐면⋯⋯."

노형진은 긴 시간을 걸려서 작전을 설명했다. 갈수록 심각해지는 이야기에 이영희는 얼굴이 딱딱해졌다.

"그런 건⋯⋯."

"은혜를 생각해 주십시오."

"은혜를⋯⋯."

"아이를 위해서 살인자라는 누명까지 뒤집어쓰셨잖습니까?"

그 말에 이영희는 고개를 끄덕거렸다. 딸을 위해서라면 그 어떤 것도 두렵지 않았다.

"좋아요. 그렇게 할게요."

며칠 뒤 새론에서 기자회견을 한다는 소식에 기자들은 분주하게 움직였다. 물론 새론 같은 법무 법인들이 언론 플레이를 위해서 기자회견을 하는 경우가 드물지 않기 때문에 일일이 관심을 가지는 일은 없다. 하지만 이번 주제는 무척이나 예민한 문제였다.

"우리 새론에서는 경찰의 수사권 독립에 반대합니다."

강단에 선 송정한의 말에 기자들은 너도 나도 사진을 찍어대기 시작했다. 그도 그럴 것이 지금 경찰 수사 독립권은 경찰이 이번 정권에 들어 어떻게든 얻기 위해서 결사적으로 노력하는 것이기 때문이다.

그런데 다른 곳도 아니고 변호사 집단인 로펌이, 그것도 한국 내에서는 순위를 다툴 정도로 급성장하는 새론이 경찰의 독립권 수사를 반대하고 나서자 이슈가 되지 않을 수 없었다. 이건 말 그대로 초유의 사태였다.

"왜 그런가요?"

기자의 말에 송정한은 담담하게 말했다.

"지금의 경찰은 아직까지 독립된 수사권을 가질 능력이 안 된다고 우리는 판단했습니다."

"어떤 면에서 그런 거죠?"

"얼마 전 우리 의뢰인은 경찰에 보호 요청을 했습니다. 그러나 경찰은 그런 의뢰인의 보호 요청을 단순히 가족끼리의 일이라는 이유로 거부했습니다. 의뢰인이 요구한 것은 누군가를 체포해 달라는 것도, 부당하게 수사해 달라는 것도 아니었습니다. 그저 가족의 안전을 확보해 달라는 것이었습니다. 하지만 경찰은 거부했고 의뢰인은 생존을 위해서 살인을 했습니다. 물론 살인은 심각한 죄목입니다. 처벌을 면할 수도 없고 또 당연히 처벌받아야 하는 범죄입니다. 이런 사건을 막을 수 있는 기회가 있었음에도 불구하고 경찰은 단순히 가족 간의 일이라는 이유로 방치했습니다. 당장 일선에서 일하는 경찰이 이 지경인데 경찰이 수사권을 가지게 된다면 어떻게 될까요? 그들은 자기들 편한 대로 입맛에 맞는 사건만 골라 가면서 수사하지 말라는 법이 없지 않습니까?"

"잠깐, 그러니까 경찰이 사건을 알고도 수사하거나 안전 조치를 하지 않고 그냥 갔다는 말씀인가요?"

"그렇습니다."

"그건 어떤 사건인가요?"

"지극히 개인적인 사건이므로 공개하지 않겠습니다. 하지만 이번 사건에서 본 경찰의 행동을 봤을 때 지금 경찰의 수사권을 독립시키는 것은 시기상조라고 생각합니다."

"그래서 새론에서 나선 겁니까?"

"그렇습니다. 비단 우리 사건뿐만 아니라 경찰의 방치로 어쩔 수 없이 범죄를 저지르는 사람들이 한두 명이 아닙니다. 경찰은 조금만 노력하면 그걸 막을 수 있음에도 일을 진행하지 않고 자기 편의를 위해서 사건을 골라서 일하고 있습니다. 그런데 어찌 그들에게 수사권 독립의 자격이 있겠습니까?"

송정한은 그렇게 계속 이야기를 이어 갔고 그 뒤에서는 남상주와 노형진이 기자회견을 하는 송정한을 바라보고 있었다.

"경찰에서 난리가 나겠군."

"그렇겠지요. 솔직히 변호사들은 중립적일 거라고 생각하고 있었겠지요."

검찰이야 당연히 용납 못 한다고 방방 뛰고 있었고 법원 쪽은 은근슬쩍 검찰의 편을 들어 주고 있었다. 심지어 정치권조차 경찰의 수사권 독립에 반대하는 여론이 비등했다. 그런데 이제는 변호사들까지 반대하니 말 그대로 설상가상이라고 할 만했다.

"이거 문제가 되지 않을까?"

"안 됩니다. 어차피 수사권 독립 못 해요."

"어째서?"

"그냥 느낌이요."

"느낌? 자네가 그런 걸 언제부터 믿었다고."

"전부터요."

노형진은 그저 싱긋 웃고 말했다.

하지만 사실 그건 느낌이 아닌 회귀 전에 실제로 있었던 일을 말한 것이다. 수사권 독립을 열망하는 경찰이라고 하지만 그건 경찰 내부의 소원이었을 뿐이다. 경찰 수사권 독립을 위해서 나선 사람은 다름 아닌 현 경찰총장. 그는 수사권 독립을 부르짖으면서 정치권과 담판을 짓겠다고 갔지만 도리어 그들로부터 영전을 약속받고 도리어 기존에 가지고 있던 권리마저도 검찰에 넘겨주고 오는 최악의 선택을 했다. 결국 경찰은 수사권 독립은커녕 도리어 전에는 자체적으로 할 수 있었던 인지 사건 조사, 그러니까 범죄일 거라 생각되는 걸 알면 알아서 조사할 수 있는 권한까지 빼앗겨 버리는 최악의 상황에 처해 버린다.

"사이가 안 좋아지려나?"

"아니요."

어차피 새론이 발표한 건 의견일 뿐이다. 얼마 후에 현직 경찰총장이 경찰 집단의 뒤통수에 칼을 박으면 다 잊힐 일.

"그나저나 사건을 공개하지 않아도 될까? 어찌 되었건 언플이잖나?"

이 사건을 그냥 공개하면 분명 기자들은 그저 스쳐 지나가듯 듣고 말거나 단신으로 작게 나오게 될 것이다.

"안 해도 됩니다. 기자들의 인맥은 생각보다 크거든요."

아니나 다를까, 기자회견장 뒤쪽에서는 다급하게 정보원

을 찾는 전화가 계속되고 있었다.

"어, 난데, 혹시 새론에서 이번에 담당한 사건 알아? 살인 사건으로."

"그런 일이 있어서? 우와, 새론이 빡칠 만한데?"

"이거 대박이다. 내일 조간으로 낼 수 있게 바로 칸 비워! 뭐? 자리 없어? 뭐 시답지 않은 거 빼! 그런 쓸데없는 걸로 칸 채울 생각 하지 말라고!"

그렇게 사건은 점차 사람들에게 퍼져 갔다.

⚖

"젠장, 일이 어떻게 된 거야?"

경찰처장은 얼굴을 찡그렸다.

"아니, 새론이 왜 이래?"

"일선 경찰이 일을 잘 처리하지 못한 모양입니다."

"아 망할 새끼, 안 그래도 총장 녀석 때문에 돌아 버리겠는데."

경찰에서 잔뼈가 굵은 경찰처장은 어떻게든 경찰의 독립 수사권을 가지는 것이 소원이었다. 그런데 이 망한 경찰총장은 낙하산으로 온 인간답게 오로지 자신의 영전에만 관심이 있을 뿐이었다. 그래도 어떻게든 분위기를 만들어 놨는데 새론이 그런 걸 발표해 버리는 바람에 말 그대로 잘 일어나던

불길에 찬물을 부은 꼴이 되었다.

"도대체 어떤 사건이야?"

"그게 얼마 전에 경기도 쪽에서 있던 사건이랍니다."

"경기도?"

"네, 몇 번 출동했는데 명확한 증거가 없어서 그냥 돌아왔다고……."

부하는 처장에게 애써 변명했지만 그게 먹힐 리 없다는 걸 누구보다 더 잘 알고 있었다.

"하? 증거가 없어? 장난해? 우린 경찰이야. 증거가 없으면 증거를 찾아서 수사해야 해. 근데 뭐? 증거가 없어? 미쳤어? 응? 미쳤냐고."

"그, 그게……."

"아오, 씨팔…… 돌겠네."

이번 정권에 들어서면서 대통령은 경찰의 실력과 인사고과를 투명화한다면서 모든 사건에 점수를 부여하고 그것에 따라서 인사 점수를 주기 시작했다.

문제는 어려운 사건들의 경우, 들어가는 시간에 비해서 터무니없이 그 점수가 낮다는 것. 그 때문에 경찰이라는 녀석들이 모조리 편한 편법만 찾고 있다고 했다.

"솔직히 말해 봐."

"……."

하지만 부하 직원은 말을 못 했다. 하긴 치부를 말하는 게 좋은 건 아니니 말이다.

"김 과장! 지금 내가 종이호랑이로 보이나?"

"아, 아닙니다……."

"네가 죽을래? 아니면 일 안 한 새끼들을 죽일래?"

"……."

결국 김 과장은 사실대로 말할 수밖에 없었다.

"교대가 얼마 안 남았다고……."

"뭐라고? 이 새끼들이 미쳤나? 교대?"

경찰은 당연히 교대하면서 일한다. 사람이 스물네 시간 일만 할 수는 없으니까. 하지만 출동했던 상황에서 그게 접수되면 당연히 퇴근을 미루고 일을 처리해야 한다. 그런데 그게 귀찮다고 접수를 거부한 것이다.

"염병할…… 이제 어쩐다."

경찰처장의 얼굴은 사정없이 일그러지고 있었다.

⚖

"예상대로군요."

예상대로 기자들은 이번 사건의 발단이 된 사건을 찾아내는 데에 성공했다. 그리고 당연하게도 그와 비슷한 경찰의 무능을 입증할 사건들이 줄줄이 터져 나오기 시작했다.

"끝내주네."

원래 기자들은 한 가지 주제에 매달리기 시작하면 거의 집착 수준이 된다. 만일 그게 누군가라면 아침에 무슨 색 팬티를 입었는지까지 취재해서 내보낸다. 당연히 노형진의 사건 말고도 수많은 경찰들의 무능을 입증할 수 있는 사건들이 터져 나왔다.

"지나친 건 아닐까요?"

걱정스러운 얼굴이 된 사람들 그들은 다름 아닌 변호사들이었다.

"왜요?"

"그냥…… 경찰에 척져서 좋을 게 없지 않습니까?"

그 말에 피식 웃는 노형진.

"경찰에 척을 지는 건 우리가 아닌 기자들입니다."

"그래도……."

"이 바닥에 절대적인 우호란 없어요. 우리가 검찰을 까는 발표를 하면 기자들은 안 좋아할 거 같아요? 그럼 경찰들은? 저 새끼가 또 검찰 깐다고 싫어할 거 같나요? 아닙니다. 그들은 신나서 검찰 수사한다고 나설 겁니다."

"음……."

"이 바닥에는 영원한 적도, 영원한 친구도 없습니다."

신입 변호사들은 아직까지 공권력에 대한 공포와 두려움을 가지고 있다. 그렇기에 거대한 공권력과 싸우는 걸 두려워한다.

"우리 새론에 들어온 이상 공권력과 싸우는 걸 두려워해서는 안 됩니다. 아니, 변호사가 된 이상 두려워해서는 안 되죠. 제대로 변호사 생활을 한다면 정부 측 기관과 소송을 안 한다는 건 말이 안 되거든요."

"네?"

노형진의 말에 깜짝 놀라는 신참들.

"당연하죠. 언론에 나가는 우리나라의 무능이 고작 그것뿐이라 생각하는 겁니까? 언론에 나가는 무능은 진짜 참아도 참아도 안 되는 완전 막장인 것만 나가는 겁니다. 결국 살아가면서 국가와의 싸움을 하지 않는 건 두 가지 중 하나입니다. 엄청나게 무능하든가, 엄청나게 친정부라서 아예 안 받든가."

둘 다 변호사로서 그다지 좋지 않다.

"변호사가 된 이상 국가의 공권력과 싸울 생각을 해야 합니다."

"음……."

"그렇다고 맨날 싸우라는 건 아닙니다. 잘못된 것에 대해서만 싸우라는 거죠. 잘못된 것에 대해서 말하지 못하면 우리는 국민이 아니라 노예일 겁니다. 대한민국 헌법 1조는 뭐죠?"

대한민국 헌법.

그 어떤 법보다 우선하며 또한 기본이 되는 법.

법이 존재하는 한, 아니 대한민국이 존재하는 한 절대적인 명제.

"대한민국의 주권은 국민에게 있고 모든 권력은 국민으로부터 나온다."

"맞습니다. 생각해 보세요. 모든 주권은 국민에게 있고 모든 권력은 국민으로부터 나온다는 것이 기본인데 국민이 잘못된 것을 항의하는 것이 왜 문제가 되겠습니까? 투쟁하거나 혁명하자는 게 아니라 법적으로 잘못된 것을 따지겠다는데요."

"음……."

묘한 표정이 되는 신참들.

"하지만…… 언론에서는……."

말하지 않았지만 노형진은 그가 하고 싶은 말이 뭔지 알 수 있었다.

"당연히 국가의 입장, 아니 위정자의 입장에서는 국민들을 노예처럼 부리고 싶어 합니다. 당연한 거예요. 대표적인 예가 저기 위쪽에 있는 돼지 새끼죠. 근데 아이러니하게도 북한조차 정식 명칭은 조선민주주의인민공화국이에요. 그런 겁니다. 국민이 저항하지 않고 끌려가면 왕이 될 수 있는데 누가 국민이 저항하는 걸 그냥 두고 싶겠습니까?"

틈만 나면 국가에 항의하는 사람들을 빨갱이라고 한다. 그리고 그들을 매도하고 북한으로 가라고 소리 지른다. 하지만 그들은 국민이 아니라 그저 노예일 뿐이다. 대한민국, 아니 모든 민주주의국가에서는 잘못된 국가의 정책에 국민이 저항할 권리가 있기 마련이다.

"우리 회사에 입사한 이상 그걸 감안하고 일하셔야 할 겁니다."

노형진이 마지막 말을 하고 멀어지자 멀리서 보고 있던 무태식이 다가왔다.

"오늘은 말씀이 좀 많네요. 그때인가요?"

"그때죠?"

그 둘은 의미가 있는 눈빛을 주고받았다.

새론은 매년 새로운 변호사들을 뽑아 성장하는 중이다. 특히나 올해부터는 전국 지부를 내기 위해서 추가적으로 사람을 더 뽑았다. 하지만 그렇게 되면 문제가 생기는 법.

"우리가 변호사라는 걸 잊으면 안 됩니다. 그리고 불행하게도 저 안에는 그런 사람이 있기 마련이지요."

몇몇 사람들은 변호사의 업무보다는 다른 것에 관심을 가진다. 그리고 그 다른 것은 보통 정치다.

'쓸데없이 정치 변호사를 만들 필요는 없지.'

물론 올바른 정치 변호사라면 상관없다. 하나 정치를 위해서 배신을 일삼는 변호사라면 문제가 된다. 그 대표적인 예가 모 법무 법인이다.

모 법무 법인은 어떤 유명 가수의 이혼소송을 담당하고 있었는데 그건 철저하게 익명으로 이루어지고 있었다. 아니, 아예 그 가수가 결혼했다는 사실조차 모르는 사람들이 대부분이었다.

그런데 그 법무 법인이 그 당시 정권의 주요 변호 팀인 것이 문제였다. 상당히 문제가 될 만한 소송 거리가 생기자 그들은 정부와 짜고 의뢰인의 사실, 즉 결혼과 이혼에 관련된 사실을 언론에 공개해 버렸다. 정권을 위해서 의뢰인을 배신하고 심지어 인생을 바꿀 정보까지 무차별적으로 공개한 것이다.

"정치하는 건 안 말립니다. 하지만 정권의 나팔수가 되는 건 그냥 두고 볼 수는 없습니다."

"그건 그렇지요."

무태식은 심하게 공감하는 모양이었다.

"그나저나 경찰은 뭐랍니까?"

"난리 났죠, 말 그대로."

순식간에 불리한 위치에 몰린 경찰은 어떻게든 변명하려 했다. 하지만 살려 달라는 사람의 손길을 뿌리치고 퇴근한 셈이라 쉽지 않았다.

"이대로 갈까요?"

"아니요. 다음 후속타를 날려야지요. 우리의 목표는 승리 아니겠습니까? 후후후."

⚖

며칠 뒤 새론은 새로운 소장을 들고 검찰을 찾아갔다. 보

이것이법이다.

통은 고소장을 경찰에 접수한다. 하지만 검찰에 접수하는 것도 불가능한 것은 아니다. 게다가 오늘 검찰에 찾아간 것은 다 이유가 있었다.

찰칵찰칵!

연달아 터지는 카메라의 플래시들. 쉴 새 없이 셔터의 소리들.

"저희는 자신들의 편의를 위해서 업무상 배임 행위를 한 경찰들에 대해서 고발하고자 합니다. 이 안에 그 명단이 들어 있습니다. 하지만 이런 말이 있습니다. 초록은 동색이라고 말입니다. 만일 이걸 평소대로 경찰에 맡긴다면 무혐의로 처리될 것이 뻔합니다. 저희는 그걸 막기 위해서 경찰이 아닌 검찰에 이 고발장을 접수하고자 합니다."

"그럼 이 수사를 검찰이 직접 해 주기를 원하시는 겁니까?"

"그렇습니다. 그들은 살려 달라는 우리 의뢰인의 구원 요청을 거부하고 가 버렸습니다. 그 바람에 우리 의뢰인은 살아남기 위해서 살인해야 했습니다. 이런 상황에서 경찰을 믿을 수는 없습니다."

송정한이 그렇게 말하고 사건을 접수시키자 검찰에서는 아주 신나서 방방 뛰고 싶은 기분이었다.

"이번 사건의 중요성 그리고 편향성을 보아서 이번 사건은 저희 검찰에서 직접 수사하도록 하겠습니다."

원래 이런 수사는 경찰이 하기 마련이다. 사람들이 경찰에 고소하는 이유는 간단하다. 어차피 검찰에 넣어도 경찰로 내려오니까.

하지만 새론에서 검찰 수사를 요청하자 그들은 땅잡은 얼굴이었다.

"으하하하."

검찰처장은 미소를 지으면서 서류를 살피기 시작했다.

"망할 경찰 새끼들 말이야. 자기 주제도 모르고 날뛰더니 결국은 자기가 판 함정에 자기가 빠진 꼴이구만."

안 그래도 자기 주제도 모르고 수사권 독립을 외치는 경찰이 마음에 안 들었다.

"이참에 잘되었어. 관련된 사건들 다 터트리고 내사 시작해."

"내사요?"

"경찰 새끼들이 이런 식으로 일하는 게 어디 한두 해 문제야?"

"하긴 그렇지요."

사람들은 경찰들이 열심히 일해 주기를 원하지만 그들은 사실 적당히 시간을 보내거나 대충 일하려는 경우가 더 많다.

"이참에 제대로 다 터트려서 국민들의 시선을 우리 쪽으로 확 끌자고."

그동안 검찰의 비리와 기타 문제로 인해서 사람들에게 안 좋은 이미지를 주고 있었다. 그 때문에 여론의 동향을 보자면 경찰에 살짝 유리한 상황. 그렇기에 경찰이 전과 다르게 강경하게 독립 수사권을 요구하고 있었다.

이것이 법이다.

"아! 현명하신 생각입니다. 이참에 경찰의 무능을 까발리면 우리가 유리해지겠네요."

"그렇지. 이렇게 무능한 집단이 무슨 독립 수사권이냐는 식으로 언플 하면 사람들이 어떻게 생각하겠어?"

"당연히 절대 용납할 수 없다고 하겠지요."

"그렇지. 으하하하."

검찰처장은 승리의 미소를 지었지만 그게 누군가의 손에서 놀아나는 것이라고는 생각도 하지 못했다.

⚖

"아주 제대로 틀어졌는데요?"

"그렇지요?"

검찰과 경찰의 비방전은 엄청나게 가열되고 있었다. 검찰에서 새론에서 내건 고소를 기반으로 수사하는 동시에 무능한 경찰을 박멸한다며 내사에 들어가자 그동안 편하게 생활하던 경찰들에게는 말 그대로 불똥이 떨어졌다.

"노 변호사님은 어떻게 생각하세요?"

"뭘요?"

무태식은 문득 뉴스를 보다가 고개를 갸웃했다.

"독립 수사권에 대해서요."

"글쎄요, 예민한 문제이기는 하지요. 근데 확실히 우리나라가 너무 검찰에 권력이 집중되어 있기는 해요."

"그럼 수사권을 줘야 한다는?"

"그것보다는 검찰의 기소 독점권을 빼앗는 게 나을 거라고 생각합니다."

"네?"

전혀 생각지도 못한 말에 다들 깜짝 놀랐다. 어찌 보면 검찰의 핵심을 건드리는 말이었기 때문이다.

"그거 위험한 말 아닌가요?"

"어째서요?"

"네? 그거야……."

"검찰이 기소 독점권을 가지고 있는 게 문제입니다. 솔직히 수사권은 그다지 문제가 아니에요. 물론 일부 무능한 경찰들이 일하지 않는 것도 문제이긴 하지만, 진짜 문제는 검찰이 기소 독점권을 가지고 있는 바람에 범인들이 피해자에게 절대 사과하지 않는다는 것이지요."

"음……."

그 말에 무태식은 입을 다물면서도 어느 정도는 수긍했다. 생각보다 그 문제는 크기 때문이다.

가령 어떤 사람이 사람을 다치게 만들었다면 그는 피해자에게 사과하는 대신에 검사에게 고개를 숙인다. 어차피 피해자는 수사 과정에서 완전히 배제당하기 때문이다. 그리고 적당히 법원에 공탁을 맡기면 법원에서는 알아서 반성했다면서 형량을 깎아 준다.

"뭐, 수사권은 누가 가지면 어떻습니까? 국민들을 위해서 제대로 수사만 해 준다면야."

"하긴 그건 그러네요. 그나저나 이제 어떻게 할까요? 지금까지 노 변호사님 말씀대로 일이 진행되는 것 같은데요."

"당연히 다음 작전을 시작해야지요. 후후후."

지금까지 한 소송들은 모두 이번 작전을 위한 떡밥일 뿐이다. 그들의 최종 목적은 의뢰인의 형량을 최대한 깎는 것이니까.

"친애하는 재판장님, 이번 사건은 단순히 피해자의 잘못은 아닙니다. 이번 사건은 사회가 문제입니다."

드디어 시작된 변론 기일.

노형진은 판사와 배심원단을 보면서 천천히 입을 열었다.

"피고인이 살인했다는 사실은 누가 뭐라고 해도 사실입니다. 하지만 그것은 생존을 위한 몸부림이었습니다. 증거로 제출된 을제 5호증을 보시기 바랍니다. 해당 경찰서의 사건 접수 기록입니다."

이번 목표는 배심원단이었다. 사실 사람이 살아가면서 정부에 일말의 악감정을 안 가진다는 것은 말이 안 된다. 특히나 여기 나와 있는 사회생활을 하는 일반적인 사람들이라면 더더욱.

'직장인과 가정주부라.'

그들에게 사회에 대한 불만을 일으키는 것이 목적.

"사회는 국민을 보호하는 것이 최선입니다. 하지만 사실 대부분의 국민들은 국가로부터 제대로 된 보호를 받지 못하는 경우가 많습니다. 대표적인 예를 들어 보겠습니다. 우리나라에서는 회사에서 퇴직하는 경우, 퇴직금을 지불하도록 되어 있습니다. 그러나 우리나라 사람들 중 퇴직하면서 쉽게 퇴직금을 받는 사람들이 얼마나 될까요?"

그 말에 배심원 중 일부의 표정이 변했다. 그리고 그걸 본 노형진은 속으로 나이스를 외쳤다.

'그렇지.'

여기 있는 사람들 대부분은 사회적 경험이 있는 일반인. 그러니까 어떤 식으로든 일을 해 봤다는 소리다. 그리고 대부분의 사장들은 최대한 저가로 싸게 부려 먹으려고 한다.

"최저임금에도 못 미치는 임금. 그럼에도 불구하고 지급되지 않는 퇴직금. 그들은 국민들의 고혈을 빨아먹고 자기 배에 기름을 채웁니다. 그럼 그런 그들을 막고 제대로 된 경제활동이 가능하게 해야 하는 건 누구일까요? 당연히 국가와 사회입니다. 그런데 이 나라를 보십시오. 사회가 피해자의 도움 요청을 거절하고 스스로 해결하라고 합니다. 결국 퇴직금을 받기 위해서는 소송을 진행해야 하고, 도리어 그 소송 비용이 더 들어서 퇴직금을 포기하는 경우가 대부분입니다. 이번 피고도 마찬가지입니다. 무려 경찰에 네 번이나 도움 요청을 했습니다. 하지만 경찰의 답변은 언제나 같았습니다. 가족끼리의 문제이니 내부적으로 해결하라는 것. 가족입니다. 가족은 도리어 타인들보다 더욱 아끼고 보살펴야 하는 관계이지, 그들은 서로를 공격하고 미워해야 하는 관계가 아닙니다. 그런데 그런 행위를 배신하고 가족에게 막대한 피해를 주는데 과연 가족이라는 이유로 처벌을 줄이는 게 정상일까요? 아니면 가족이라는 이유로 처벌은 늘리는 게 정상일까요? 생각해 보십시오. 어떤 범죄든 존속이라는 두 글자가 붙으면 더 강력해집니다. 그런데 어째서 수사 과정에서는 가족이라는 이유로 피해자를 범죄의 구렁텅이로 밀어 넣는 것일까요?"

노형진의 말에 마치 현혹되는 듯이 고개를 끄덕거리는 사람들. 그리고 뒤에서 있는 사람들 중 일부는 심각하게 얼굴이 딱딱해질 수밖에 없었다. 경찰에서 나온 사람이었기 때문이다.

"살인을 부정하지는 않습니다. 하지만 살인할 수밖에 없을 만큼 피해자의 인생을 방치한 경찰과 사회가 피의자보다 더 유죄라고 생각합니다. 이상입니다."

노형진이 말을 마치고 들어가자 검찰은 불편한 얼굴이 되었다.

'젠장, 무슨 놈의 변호사가 말을 이렇게 잘해?'

워낙 증거가 넘치는 사건이라 만만하게 보고 덤볐는데 노형진의 말을 듣다 보니 어쩐지 그 말에 넘어가는 느낌이 드는 검사였다.

"검사, 말하세요."

"친애하는 재판장님, 방금 발표하신 변호인의 말대로 이번 사건은 비극적인 일입니다. 하지만 사회적인 한계란 분명히 존재합니다. 그리고 그 한계를 넘어서까지 우리가 책임을 질 수는 없습니다."

검찰로서는 당연히 이번 사건에 대하여 변명해야 한다. 그도 그럴 것이 모든 것이 경찰의 잘못에서 기인한다는 식으로 인정되면 형량이 대폭 깎일 테니까. 하지만 그 역시 노형진이 노리는 수였다.

'흐흐흐, 재주껏 해 봐.'

노형진이 그동안 그들의 사이를 틀어 놓은 것은 장난삼아 그런 게 아니었다. 그리고 검사는 그걸 반박하려다가 자신도 모르게 함정에 빠지고 말았다.

"그럼 검사님은 경찰에 제대로 일하고 있다고 생각하십니까?"

"그렇습니다. 경찰은 바르게 일하고 있습니다."

검사의 말이 끝나기 무섭게 공격이 들어오는 노형진. 이영희에게 최대한의 형량을 먹이기 위해서 검사는 당연히 경찰이 제대로 일하고 있다고 대답했다. 하지만 그다음 순간 노형진의 함정에 빠졌다는 사실을 알아차렸다.

"그런데 그건 검찰에서 발표한 정보와는 다른데요? 현재 그동안 검찰에서 발표한 기록에 따르면 경찰은 말 그대로 무능의 집합체처럼 보입니다. 사건 접수 거부는 기본이고 출동하지도 않고 출동한 것처럼 서류를 조작하기도 하고 심지어 피해자에게 죄를 뒤집어씌우기도 했습니다. 이 모든 기록이 얼마 전 검찰이 수사를 통해서 얻은 것입니다. 그럼 검사님은 이런 수사 결과가 잘못되었다고 생각하시는 겁니까?"

그리고 그 말을 들은 검사는 아차 싶었다.

'이런 씨팔…… 대단하다고 하더니…… 염병할…….'

여기서 잘못되었다고 한다면 검찰이 아닌 경찰 편이 드는 셈이니 그럼 저자들에게 어떤 식으로든 이용당할 것이다. 반대로 여기서 검찰 편을 들면 이번 사건에서 형량이 낮아지게 된다.

"검사님, 그럼 검사님은 이번 경찰의 수많은 비리들이 극히 일부에서 저질러진 것이라고 생각하는 겁니까?"

"그…… 그렇습니다!"

그 순간 노형진이 한 말실수에 검사의 눈에 불이 켜졌다. 일부의 문제라고 몰아가면 된다는 방법이 떠오른 것이다.

"물론 검찰에서 수사하여 발표한 것은 사실입니다. 그리고 일부 무능한 경찰들이 존재하며 그들은 사건을 망치고 사회적 정의를 무력화시키는 녀석들입니다."

"그렇군요."

노형진은 검사의 말에 수긍한 듯 고개를 끄덕거렸다.

"그럼 그 일부 경찰들이 하는 실수가 뭐가 있을까요?"

"보통 사건 접수 거부나 늦장 대응 등이 있지요."

"그렇군요. 그런데 이번 사건 경찰 기록을 보면 말입니다. 출동 기록은 있는데 사건 접수 기록은 없단 말입니다? 신기하지 않습니까? 사람이 멍이 들고 아동 성추행까지 벌어진 사건에 출동한 경찰의 사건 접수 기록도 없는 게? 안 그런가요? 이런 경우는 충분히 경찰의 무능이 입증되었다고 봐도 무방하겠지요?"

"헉."

검사는 말 그대로 깜짝 놀랐다.

'이런 망할……'

벗어나려고 했고 벗어나는 데에 성공했다고 생각했다. 하지만 들어 보니 그게 아니었다.

'이런 염병.'

아까는 경찰의 총체적인 무능에 대한 말이었다. 하지만 이번에는 경찰이 아니라 이번 사건을 담당했던 경찰의 무능이 되어 버렸다. 아까처럼 뭉뚱그려서 말하는 게 아니라 이번 사건 자체가 초반부터 되어 있다는 것을 인정하게 된 것이다.

"마…… 맞습니다."

이것이 법이다

"이상입니다."

노형진이 물러나자 검사는 한숨을 푹 쉬었다.

⚖️

"으하하하! 아까 그 검사 얼굴 봤어?"

"하긴 저도 뭐에 당하는지 모르고 당할 것 같았다니까요."

경찰의 무능을 공격하고 그 후에 자연스럽게 이번 사건을 담당한 경찰의 무능으로 넘어가는 방식.

상대방은 거기에 휩쓸려서 결국은 이번 사건의 초동 대처 자체가 잘못되었다는 것을 인정할 수밖에 없었다.

"일단은 한 단계가 끝난 겁니다. 경찰의 무능 때문에 초동 대처가 잘못되었다는 점은 검찰이 인정한 셈이니 이제는 경찰 본인들을 공격해야지요."

"그렇지."

살인을 면할 수는 없다. 아무리 변론해 준다고 하지만 살인하는 것은 나쁜 일이다. 그러나 살아남기 위해서 그리고 자녀의 인생을 위해서 자신의 인생을 버릴 각오를 하는 선량한 어머니에게 과도한 형벌을 받도록 할 수는 없었다.

"휴정이 끝나고 나면 이제 우리가 할 일은 하나뿐입니다. 준비는 다 되셨나요?"

"암, 우리가 왜 변호인단까지 구성해 가면서 이번 사건을 담당하는데."

복합 소송은 돈뿐만 아니라 시간도 많이 든다. 그리고 결정적으로 이번 사건은 이만저만 적자가 아니다.

"그렇지만 이번 사건은 우리한테 도움이 된 것도 많네."

복합 소송은 아무것도 모르는 신참 변호사들에게 많은 것을 알려 줄 수 있는 기회였다.

"자, 그럼 다음 재판을 하러 가 볼까요?"

이 사건을 길게 끌 생각이 별로 없었던 노형진은 당차게 나가기로 했다.

"증인으로 그 당시 출동했던 경찰을 신청합니다."

"인정합니다."

다음 기일에 노형진은 바로 경찰에 대한 공격을 시작했다. 어차피 검사는 경찰을 편들어 줄 수가 없다.

'내가 노린 게 바로 그거거든.'

지금 경찰과 검찰의 사이는 말 그대로 극단적으로 갈라진 상황이나 마찬가지. 이 상황에서 검사는 아무리 자기 사건이 걸려 있다고 하지만 경찰의 편을 들어 줄 수가 없다. 그 덕분에 경찰은 무능을 벗어나기 위해서 혼자서 노력해야 했다. 하지만 노형진이 그걸 그냥 두고 볼 리 없다.

"본인은 ○○월 ○○일. 부모의 성추행 신고를 받고 출동했습니다. 맞습니까?"

"네……."

"그런데 왜 그날 사건 접수 기록이 없습니까?"

"그건……."

당연히 없을 수밖에 없다. 아예 사건 접수 자체를 하지 않았으니까.

"○○월 ○○일에 접수한 거 맞지요?"

"네."

"그런데 왜 사건 기록이 없느냐고 물었습니다."

"접수하지 않았습니다."

"정식으로 신고받고 출동한 일이잖습니까? 그런데 왜 접수하지 않았느냐고 묻고 있습니다."

"그냥 가족끼리의 일이라서 그랬습니다."

그 말을 하면서 고개를 푹 숙이는 경찰.

"가족끼리의 일이라서 그랬다?"

"네, 화해하는 게 좋겠다고."

"증인은 경찰 일을 몇 년이나 하셨습니까?"

"네?"

"경찰 일을 얼마나 하셨냐고 물었습니다."

"한…… 14년 정도."

그 말에 노형진은 고개를 끄덕거렸다. 그 정도면 상당히 오랜 시간 경찰을 하고 있다는 뜻이다.

'그런데 승진을 못 한 거 보니 일 안 하는 경찰의 전형이구만.'

그냥 적당히 시간만 때우면서 일은 안 하고 위험한 사건은 피하면서 월급만 받아 가는 월급 도둑. 다른 동료 경찰들이 밤새도록 도둑을 잡고 칼 맞아 가면서 강력 범죄와 싸우는 사이, 적당히 시간만 때우는 녀석들.

'너 같은 새끼는 진짜 경찰 자격이 없어.'

위험한 강도나 살인 사건을 해결하라는 것도, 영화처럼 테러범을 잡으라는 것도 아니다. 성추행당하고 있는 아이를 구하라는 것이다. 그런데 그것마저도 귀찮아하는 녀석은 경찰이 될 자격이 없는 놈이다.

"그럼 아동 성범죄자들의 재범률은 알고 계시겠네요?"

"네……."

"그럼 그런 아동 성범죄자들이 아이들을 성추행하고 있다면 그냥 지나가시겠습니까?"

"아니요."

"근데 그날은 왜 그랬습니까?"

"……."

뻬도 박도 못할 일이다. 그런 일이라면 가족이 아니라 그보다 더한 것이라고 해도 아이를 대피시켜야 했다.

"더군다나 아동 성범죄의 70% 이상이 아는 사람에게서 일어나고 있다는 걸 아십니까?"

이것이 법이다

"아, 알고 있습니다."

사람들은 아이들에게 낯선 사람을 따라가지 말라고 한다. 위험하다고 말이다. 그런데 실상은 조금 다르다. 납치나 아동 성범죄는 대부분 아는 아이들을 노린다. 그래야 협상이 편하기 때문이다.

"그런데 접수를 거부하셨군요, 가족이라는 이유만으로."

"……."

"다시 묻겠습니다. 왜 거부하신 겁니까?"

"실수입니다."

"실수라……."

노형진은 피식 비웃음이 나왔다.

말도 안 된다. 그런 걸 실수하는 인간이 있을 리 없다.

"재판장님, 관련 증거를 제출합니다. 이 기록에 따르면 출동 시간은 밤 7시 50분경. 그리고 해당 경찰관의 퇴근 시간은 밤 8시 30분경. 실수라기보다는 사건을 접수하면 그걸 처리하기 위해서는 퇴근이 늦어져서 그런 것 같은데, 아닌가요?"

"아닙니다! 절대 아닙니다!"

경찰은 부정하려고 했다. 하지만 그럴 수가 없었다.

"그래요? 그거 참 이상하군요. 사건 접수를 거부하자마자 바로 퇴근이라니."

"……."

부정하고 싶었다. 아니, 최대한 부정하려고 했지만 이미 배심원단의 표정을 이루 말할 수 없이 싸늘해지고 있었다.

"생각해 보십시오. 여러분들이 아이와 함께 있는데 경찰이 퇴근 시간이 다 되어 간다는 이유로 사건 접수를 거부하면 과연 무슨 생각이 들까요?"

노형진이 이번에 노린 것은 배심원단 내부에서 강력한 입김을 가진 아줌마들, 정확하게는 아이들의 어머니 집단이었다. 회사원은 이런 사건에서 그다지 강력한 입김을 가지지 않는다. 하지만 아줌마들은 이런 사건에 강력한 입김을 가진다. 특히 아이들이 가지면 더더욱 말이다.

"여러분들이 없는 상황에 아이들만 있는 상황에서 경찰에 신고했는데 경찰이 바쁘다는 이유로 퇴근이 얼마 남지 않았다는 이유로 접수를 거부한다면 도대체 무슨 일이 벌어질까요? 과연 접수를 거부하는 경찰을 본 피해자의 입장에서는 아이를 지키기 위해서 어떤 선택을 해야 할까요?"

"……."

노형진의 말이 길어질수록 배심원석에 앉아 있는 아줌마들의 표정은 차가워지다 못해 경멸감까지 떠오르고 있었다. 안 그래도 요즘 아동 성범죄자들이 판을 치는 판국에 경찰까지 그런 식이면 말이다.

"이상입니다."

노형진이 뒤로 물러나자 검사의 차례가 되었다. 그리고 검사는 증인석에 나와 있는 경찰을 보고 한숨을 쉬었다.

'아, 씨발······ 진짜 엿 같네.'

상부의 말은 간단했다. 어떠한 경우에도 경찰 편을 들어 주지 말 것. 하지만 그랬다가는 담당하고 있는 사건이 날아 간다. 하지만 결론은 난 것이다.

'사건 하나 날리는 게 승진을 날려 버리는 것보다는 낫겠지.'

담당하는 사건이 유리하게 진행되려면 노형진의 말에 반 박해야 하지만 그렇게 되면 경찰의 수사권 독립을 지원하는 꼴이 된다. 상부의 명령은 명확했다. 경찰의 무능을 최대한 드러나게 해라.

"검사, 질문 있습니까?"

그 말에 검사는 고개를 흔들었다.

"없습니다."

"증인, 내려가세요."

그 말에 축 늘어진 얼굴로 아래로 내려가는 경찰.

노형진은 계속해서 관련 경찰관들을 불렀다. 하지만 누구 도 제대로 대답하는 사람이 없었다.

"재판장님 그리고 존경하는 배심원 여러분, 보십시오. 이 것이 우리 경찰의 수준입니다. 물론 우리 피고인이 살인한 것은 사실입니다. 그 점은 피고인도 충분히 반성하고 있습니 다. 그러나 그 이유를 우리는 알아야 합니다. 피고인이 살인 한 것은 단순히 욕심 때문이 아닙니다. 피고인은 자녀의 미 래를 위해서 자신을 희생한 것입니다. 명언 중에 이런 말이 있습니다. 하느님은 세상 모든 곳에 있을 수 없기 때문에 어머니를 만들었다. 피고인은 비록 살인하기는 했지만 그 상황은 우리가 충분히 알고 있으니 충분히 감안할 수 있다고 보입니다."

노형진은 배심원들을 보면서 배심원들이 충분히 감정적으로 이쪽에 동화되었다는 사실을 알 수 있었다.

'배심원 쪽은 정리된 건가?'

물론 아무리 배심원들이 동화된다고 해도 죄를 자인한 이상 처벌을 피할 방법은 없다. 그러나 감정적으로 동화되고 사정이 이해된다면 감형의 요소가 되는 것은 당연한 일.

'이쪽은 이 정도면 된 것 같은데?'

검사와 배심원은 어느 정도 정리되었다는 생각에 노형진은 판사를 바라보았다.

'판사가 문제인데.'

판사는 다른 사람들과 다르다. 상부의 명령 때문에 꼼짝도 못하는 검사와 감정적으로 동요해서 의뢰인의 편을 들어 주는 배심원들이 있다고 해도 결국 구형의 권한을 가진 사람은 다름 아닌 판사. 더군다나 판사는 배심원들이 무죄를 선고해도 마음대로 유죄를 선고할 수 있는 사람이다. 더군다나 지금은 유죄를 피할 수 없는 상황.

"변호인, 더 할 말이 있습니까?"

아니나 다를까, 그동안 수많은 사건을 담당했던 판사는 이런 감정적 흔들림에 전혀 반응이 없다고 봐도 무방할 정도로 눈도 꿈쩍하지 않고 있었다.

'그렇다면 다른 방법이 있지.'

노형진은 판사를 보면서 뚱하게 앉아 있는 판사에게 질문을 던졌다.

"판사님, 과연 정의가 무엇일까요?"

"뭐라고요?"

"정의가 무엇인지 묻고자 합니다. 비록 우리 피고인이 범죄를 저지르기는 했습니다. 그런데 그런 그를 처벌하는 것이 정의일까요?"

정의. 아무리 양심을 팔아먹은 판사라고 해도 가슴 한편에 있는 단어다.

'정의감을 자극하자.'

아무리 양심을 팔아먹은 판사라도 처음 판사라는 직책을 받을 때는 정의를 이야기한다. 문제는 그런 그가 타락해 가면서 점차 정의와 멀어진다는 것.

'그건 정치적인 사건이지.'

그나마 다행인 건 보통 정치적 사건, 아니면 돈이 걸린 사건일 때 그렇다는 것이다. 이런 사건의 재판에서는 정의라는 감정을 적당히 건드림으로써 유리한 입장을 취할 수 있다.

'결국은 감정의 문제란 말이지?'

인간은 공평하지 않다. 그건 누구나 알고 있지만 특히 판사들은 누군가의 운명을 결정하는 사람들이다 보니 가끔은 자신이 신적인 위치에 있다고 느끼고는 한다. 그러니 그런 점을 노리는 것은 어려운 일이 아니다.

"친애하는 재판장님, 살인이라는 죄목은 분명히 심각하게 잘못된 것입니다. 하지만 생각해 보십시오. 평생을 살아온 남편이 자신의 딸을 탐할 때의 그 부모의 심정을 말입니다."

판사를 대하는 노형진의 말투는 다른 사람과 확연하게 달랐다. 검사의 말투가 공격적인 유형이고 판사의 말투가 감정을 전달하려는 유형이라면, 그의 말투는 판사에게는 자비를 구하는 듯한 유형이었다.

"그녀의 죄는 분명 명확합니다. 또한 그 죄를 뉘우치고 있습니다. 그럼에도 불구하고 그녀가 원하는 것은 단 하나, 딸의 행복입니다. 딸의 행복을 위해서 모든 것을 희생한 어머니인 것입니다. 그러나 그녀의 실수는 단순히 살인해서가 아닙니다. 이 세상에 어린 딸을 홀로 두었다는 겁니다."

노형진은 천천히 사람들과 판사를 보면서 최대한 그녀의 안타까운 사정을 말하기 시작했다. 그녀의 힘든 가정사와 생활고, 지금까지의 불행한 삶.

"이제 판사님의 손에 그녀의 인생이 달렸습니다. 비록 그녀는 씻지 못할 죄를 지었지만 여전히 아이에게는 하나뿐인 엄마이며 또한 인생을 걸고 아이를 구하려고 한 유일한 사람이기도 합니다. 부디 이 점을 참작하여 주시기 바랍니다."

노형진은 최대한 읍소하는 자세로 판사에게 말하고 난 후에 자리로 돌아왔다.

"좀 심하게 저자세 아닌가요?"

"아니요. 저 판사는 저자세를 좋아해요."

"네?"

노형진의 말에 자리에 있던 무태식은 깜짝 놀랐다.

"판사를 분석하신 겁니까?"

"당연한 거죠. 판결하는 판사는 사람입니다. 기계가 아니라요. 당연히 사람마다 그 공략법이 다르죠."

　어떤 사람은 철저하게 이론과 이성으로 판단하는 반면, 어떤 사람은 감정으로 많이 판단하는 경우가 있다. 노형진의 조사 결과, 이 판사는 최대한 읍소하고 자신을 우러러 보는 사람에게 자비심을 베푸는 척하면서 있는 척하는 걸 좋아한다.

　'좋은 건 아닌데 말이지.'

　자신이 신적인 위치에 있다고 판단하는 순간 인간은 타락하기 마련이다. 문제는 판사라는 직업적 특성상 그렇게 되기 쉽다는 것.

　'뭐, 그건 저 사람의 사정이고.'

　사용할 수 있는 거라면 뭐든 사용하는 것이 변호사의 도리.

"양측 모두 변론이 끝났습니까?"

"그렇습니다."

"결심하겠습니다. 양측은 나가 주시고 배심원 여러분들은 말씀을 나눈 뒤 의견을 말해 주시기 바랍니다.”

드디어 재판이 끝나고 노형진과 사람들은 재판정에서 나왔다. 이제 남은 것은 오로지 결과를 기다리는 것뿐이었다. 바깥으로 나온 사람들은 침을 삼키면서 초조하게 기다리고 있었다.

“법정 구속일까요?”

“보통은 그렇지요.”

법정 구속이란 현장에서 형이 확정되는 순간 바로 감옥으로 가는 것을 뜻한다.

“그런 건 피했으면 좋겠지만⋯⋯.”

마음 같아서는 최대한 모녀에게 시간을 주고 싶다. 하지만 법정 구속이 된다면 그 후에는 아무것도 할 수가 없다. 항고할 수도 있겠지만 항고한다고 해서 풀려나는 건 아니다.

“양측, 들어오세요.”

시간이 얼마나 지났을까? 드디어 판사가 결정을 내렸는지 법원 직원이 안으로 들어오라고 했고 노형진 측 사람들은 긴장된 얼굴로 법정 안으로 들어갔다.

“판결하겠습니다. 피고인 이영희가 피해자를 살인할 목적으로 피해자가 술에 취해 잠들어 저항할 수 없는 틈을 타 피해자의 허리띠를 이용하여 살인한 것이 인정된다.”

“아!”

일부에서는 안타까운 탄성이 흘러나왔다. 하지만 변호사

들은 그런 탄성에 흔들리지 않았다.

'어차피 이기는 건 불가능했다.'

이건 어차피 져야 하는 싸움이다. 하지만 얼마나 잘 지는 것이 관건인지를 알아야 하는 싸움.

'최대한 유리한 조건이 나오길……'

노형진의 그런 마음을 아는 건지 판사는 계속 판결문을 읽었다.

"그러나 그 살인이 본인의 자녀를 피해자가 성적으로 착취하는 것을 막기 위한 점. 또한 수차례의 신고에도 불구하고 반복되는 경찰의 대응 실패와 그로 인해 계속되는 폭력 때문에 정신적으로 극도로 불안정해진 점, 또한 그 과정에서 아이의 미래를 위해서 극단적인 선택을 한 점을 감안하면 갱생의 여지가 있다고 본다."

"꿀꺽."

이런저런 이야기가 나왔지만 결론은 과연 몇 년 형이 나오느냐가 관건.

'집행유예는 바라지도 않는다. 진짜 제발……'

아무리 노형진이라고 해도 살인을 집행유예로 만들 수는 없다. 그저 최소 형량이 나오길 기대하는 수밖에.

"이 점을 감안하여 피고인 이영희에게 징역 2년을 선고한다. 체포 기일은 일주일 뒤로 한다."

그 말에 뒤쪽에서 환호성이 터져 나왔다.

"와!"

"만세!"

징역 2년 살인에 대한 처벌로는 무척이나 낮은 형량인 것이다.

"후우."

노형진은 의자에 기대 길게 한숨을 내쉬었다. 힘들었지만 그럼에도 불구하고 최초 형량에 비해서 터무니없다고 할 정도로 낮은 형량을 받는 데에 성공한 것이다.

"양측은 항고하려면 2주 안에 하시기 바랍니다."

"판사님이 나가십니다. 모두 일어나 주십시오."

의례적인 마지막 말이 끝나고 판사가 나가자 다들 신나서 노형진 근처로 몰려들었다.

"자네는 진짜 대단해. 살인죄를, 그것도 아무리 이유가 있다고 하지만 고작 2년을 받는 게 얼마나 힘든지 아나?"

"알지요."

노형진은 배시시 웃었다. 2년. 길다면 긴 시간이지만 아이의 미래를 위해서라면 긴 시간이 아니다.

"그나저나 상대방이 항고하지 않을까요?"

검찰이 최초로 요구한 형량은 30년. 10분의 1도 안 되는 양이니만큼 검찰이 항고할 수도 있다.

하지만 노형진의 생각은 좀 달랐다.

"아마 안 할 겁니다. 할 이유가 없지요."

"할 이유가 없다고?"

"이번 사건은 경찰의 무능이 부른 사건입니다. 경찰의 무능 덕분에 보호 대상이 살인을 저지르는 터무니없는 상황까지 왔고 그 덕분에 재판조차도 꼬여서 터무니없이 낮은 형량이 나왔습니다. 지금 경찰과 전쟁 중인 검찰의 입장에서는 이번 사건처럼 경찰을 씹어 대기에 좋은 사건도 없거든요."

"아!"

"만일 항고하게 되면 도리어 카드 하나를 버리는 꼴이 됩니다. 과연 버릴까요?"

그럴 리 없다. 지금 검찰은 경찰에 엿을 먹이려고 노력하고 있는 중이니 말이다.

"아까 전에도 검사의 행동 보셨잖습니까? 그들은 이번 기회에 경찰의 기를 잡으려고 할 겁니다. 아마도 말이지요."

당연히 그 과정에서 중간에 장난치던 녀석들은 몽땅 사라질 것이다.

"일단 우리의 재판은 끝났고 이제 정리만 하면 되겠네요."

사건이 끝났으니 이제 남은 것은 쉬는 시간뿐이다.

"이번에는 진짜 제대로 한번 쉬고 싶네요."

노형진은 축 늘어지면서 중얼거렸다.

미국으로

사건은 다행히 좋은 결과로 끝났다.

남은 일주일 동안 모녀는 충분히 함께 있었으며 아이를 납득시킬 수 있었다.

그렇게 모녀가 헤어지고 난 후 노형진에게는 그다지 큰일이 없었다. 언제나처럼 일하고 출석하는 일정의 반복. 그러던 중 생각지도 못한 일이 노형진, 아니 새론으로 들어왔다.

"미국요?"

노형진은 당황스러운 얼굴로 유민택을 바라보았다.

"그래, 미국 재판을 좀 해 주게."

"하지만 전 미국 법률 자격이 없는데요?"

난데없이 미국에서 재판에 참가해 달라는 대룡그룹의 유

민택 회장의 부탁 때문이었다.

"누가 변호사로 참가해 달라고 했나? 내가 자네에게 원하는 건 미국 변호사 자격이 아니라 자네의 그 통찰력일세."

"하지만……."

"물론 미국에도 뛰어난 사람은 많네. 그러나 통찰력을 가진 사람은 드물지. 더군다나 자네는 어차피 해외에 지점을 내려고 하지 않았나?"

"그것과 전혀 다른 문제입니다만."

새론은 다른 법인과 다르게 해외 진출도 감안하고 있었다. 그래야 국제적인 법무 법인이 될 테니까. 한국의 변호사들이 좁은 우물을 서로 나눠 먹는 사이, 미국의 거대 법무 법인들은 해외 진출에 박차를 가하고 있었다.

"더군다나 법인을 낸다고 해도 현지 변호사를 고용하지, 제가 직접 갈 일은 없습니다만."

"알고 있네. 하지만 자네가 이번 일을 해 줘야 해. 이번에는 중요한 일이네."

노형진은 입맛을 다셨다.

'회장님이 날 부른 게 그냥 심심해서 부른 건 아닐 텐데.'

유민택은 노형진과 거래로 만난다는 사실을 안다. 그게 노형진이 원하는 관계이기 때문이다. 그리고 그런 거래를 성사시키기 위해서는 돈이 아닌 이권을 줘야 한다는 것쯤은 알고 있는 사람이었다.

"미국에서 무슨 일 있습니까?"

"미국 정부로부터 소송당했네."

"소송요?"

"그래, 거기에다가 이번에는 상당히 큰 액수야."

그 말에 노형진은 고개를 갸웃했다.

'무슨 일이 있었나?'

비록 지금이야 일이 바빠서 아무것도 못하는 상황이긴 하지만 그래도 성화와 대룡의 싸움에는 계속 관심을 가지고 살피고 있었다. 그러면 당연히 대룡의 소식도 듣기 마련이다. 그런데 요 근래에 무슨 일이 있었다는 소식은 듣지 못했다.

"징벌적 배상이라고 아나?"

"징벌적 배상…… 끄응……."

노형진은 얼굴을 찌푸렸다. 그도 그럴 것이 징벌적 배상이란 한국에 없는 미국의 독특한 제도이기 때문이다.

"설마 징벌적 배상을 요구하고 있는 겁니까?"

"그러네."

징벌적 손해배상. 그건 미국에 있는 가장 강력한 민사적 처벌 방법이다. 보통 기업이나 피고나 해당 업무가 문제가 되는 것임을 알면서도 계속 진행하여 소비자에게 피해를 입혔을 경우 나오는 처벌이다.

"징벌적 배상이면 작은 규모가 아닐 텐데요?"

징벌적 배상은 수백억 단위의 배상금이 기본이라 한국 기업인들이 결사적으로 로비하면서 한국 내에서 막으려고 하는 법규 중 하나다. 한국에서 손해배상을 하는 경우 누구 하나 죽어도 한 5천만 원 정도 주면 땡이지만 미국 같으면 수백억을 줘야 하기 때문이다.

"그들이 요구하는 징벌적 배상 규모는 1천억일세."

"1천억 원요? 아니 제가 모르는 사이에 무슨 일이 있었습니까?"

1천억 원 규모의 청구 금액이면 작은 게 아니다. 물론 청구야 원하는 대로 할 수 있지만 아무리 성화라고 할지라도 별거 아닌 것에 1천억에 달하는 징벌적 손해배상을 청구할 리 없다.

"제가 알기로는 미국에서 그렇게 큰 사업을 안 하고 있는 걸로 알고 있는데요?"

"사업 자체가 큰 건 아닐세. 문제가 뭐냐 하면……."

노형진에게 설명하기 시작하는 유민택.

문제가 생긴 것은 다름 아닌 음식이었다. 이번 정권에서는 한식의 세계화를 모토로 삼아서 적극적으로 밀기 시작했고 그것에 빠르게 발 맞춰서 대룡에서는 한식으로 레토르트식품, 그러니까 간단하게 먹을 수 있는 한식을 개발해서 미국 시장을 두들겼다는 것.

그 말에 노형진은 깜짝 놀랐다.

'대단한데? 역시 거대 기업을 일으킨 사람답다는 건가?'

노형진의 기억이 맞으면 이번 정권의 한식의 세계화 전략은 엄청나게 망했다. 그럴 수밖에 없는 게 세계화, 고급화를 한답시고 거대 도시에 최고가 레스토랑을 열었으니 말 그대로 있는 사람만 먹는 음식이 된 것이다. 돈 없는 사람은 없어서 못 먹고, 있는 사람은 낯선 음식이라서 안 먹는 상황이 되어 버린 것이다. 결국 엄청난 적자를 보고 나서 철수한 것이 한식의 세계화 전략이었다.

  '확실히 레토르트식품이라면 승산이 있지.'

  레토르트식품이란 간단하게 데워 먹을 수 있는 음식을 말한다. 한국으로 보면 '3분 짜장' 같은 계열이 그런 식품이다. 정부에서는 고급화 전략으로 홍보하고 가게를 여는 사이, 유민택은 한식을 먹어 보고 싶지만 먹을 수 없는 계층에 눈을 돌렸다. 일식에 비하여 먹기 편하고 영양학적으로 균형이 맞으며 또한 포장도 편하다. 레토르트식품에 들어가는 재료는 모두 국산으로 수출에 막대한 이득을 주고 있었다. 더군다나 유민택이 말한 대로 아직 시작 단계라 사업 자체가 아주 큰 것도 아니었다.

  "좋은 생각을 하셨네요."

  한식은 일식에 비해서 간이 강하다. 그래서 사람의 입맛에는 더 잘 맞는다. 중식의 경우 맛은 있지만 기름을 많이 쓰는 편이기 때문에 약간 느끼한 맛이 있다. 장기적으로 본다면 레토르트식품으로서의 한식의 미래는 상당히 밝은 편이다.

"자네가 말해 준 말이 생각나더군. 상생. 확실히 미래는 그게 지배하는 세상이 될 걸세."

그 말에 노형진은 빙긋 웃었다.

"한국 내 농가들과 제휴하고 공급받은 재료로 몇 가지 제품을 만들었지. 반응은 좋더군."

현재 대룡에서 미국에 선보인 레토르트식품은 총 네 가지. 비빔밥과 주먹밥 그리고 불고기와 잡채다. 레토르트식품으로 만들기 좋고 빠르며 문제가 생기지 않는 제품들.

"의외네요. 김치가 안 들어가다니."

"김치는 이미 진출한 데다가 김치는 메인이 아니지 않은가? 미국 문화를 알아야지."

"하하하."

확실히 유민택은 감각이 있다. 미국은 반찬이라는 개념이 없다. 한국 음식은 밥과 반찬을 함께 먹어야만 식사가 완성되지만, 미국 음식은 대부분 단독으로 먹을 수 있다. 그 대표적인 예로 한국의 쌀밥과 포지션이 비슷한 것은 빵인데 빵과 김치는 상극이다. 어울리지 않는다고 할까?

"그래서 김치는 뺀 걸세."

"잘하셨습니다."

사람들은 '한국=김치'라고 생각한다. 그래서 세계화한다고 하면 무조건 김치부터 외친다. 하지만 그건 가장 바보 같은 짓이다.

"그런데 문제가 생긴 겁니까?"

"음식에서 엄청난 양의 대장균이 나왔네."

"네? 대장균요?"

"그러네. 말이 안 돼. 어떻게 거기에 대장균이 들어간 건지 알 수가 없어."

"내부에서 증식할 수도 있지 않습니까?"

"그건 불가능하네."

모든 식자재는 꼼꼼하게 세척하고 조리하기 전에 자외선 살균기로 모두 살균 처리한다. 모든 근무자들은 위생복을 입어야 하며 수출 전과 통관 전에 회사 차원에서 랜덤하게 검사한다. 미국 정부가 따로 검사하는 것과는 별도로 말이다.

"그런데 미국 땅에 뿌려지기만 하면 대장균이 생긴단 말이야."

"네에?"

노형진은 이해할 수가 없었다. 그럴 수밖에 없는 게 레토르트식품의 개발 목적 자체가 음식의 제맛을 살리면서 오래 보관하기 위한 것이기 때문이다.

"그게 가능합니까?"

"그러니까 나도 미칠 노릇이야."

미국에 진출한 것까지는 좋다. 그런데 이상하게 미국에 가면 계속 대장균 문제가 터졌다.

"소송을 건 사람은 누굽니까?"

"FDA."

"생각보다 일이 커졌군요."

FDA.

미국은 미국 내의 식품과 약에 대한 통제를 하는 집단으로 전 세계적으로 깐깐하다고 소문이 나 있다. 그들은 한국과 다르게 거의 랜덤으로 검사하며 또 그걸 비밀리에 진행한다. 한국은 식품 검사를 할 때 회사에 말해서 해당 물건을 받아서 검사한다. 예산이 없기 때문이다.

하지만 미국은 아니다. 미국은 검사할 때 직접 받아서 하기도 하지만 시중에 나와 있는 것을 구입하여 하는 것이 보통이다. 공급받는 것은 장난을 칠 가능성이 있기 때문이다.

"검사 항목 중 무려 68%에서 대장균이 나왔네."

"뭐라고요? 그게 가능합니까?"

"그러니까 돌아 버리겠다는 거야."

68%면 당연히 그들이 나설 만한 일이다. 다행히 판매량이 얼마 되지 않는 시점이었기 때문에 사회적으로 문제가 되지는 않았지만 미국은 자신들을 만만하게 본 대룡에게 본때를 보여 주겠다고 무려 1천억 원에 달하는 손해배상을 청구한 것이다.

'하긴······ 1천억 원이라고 해도 미국의 입장에서는 많은 건 아니지.'

한국에서 1천억 원이라고 하면 어마어마한 돈이다.

하지만 상대는 미국. 1천억 원을 미국 달러로 계산하면 8천만 달러쯤 된다.

"지금 상황에서 1천억의 징벌적 손해배상은 타격이 크네."

투자 자금에다가 손해배상까지 합하게 되면 아무리 대룡이 커다란 곳이라 할지라도 상당히 큰 타격을 입게 된다.

더군다나 이제 막 성장하기 시작한 미국의 한식 레토르트 식품 시장에서 퇴출당할 수밖에 없다. 그렇게 되면 그 후에 미국에 진출하는 것 자체가 힘들어질 수도 있다.

"그러니까 소송에 대한 도움도 원하지만 그 사건의 조사도 부탁하고 싶으신 거군요."

"그러네."

지금 조사 팀이 가서 이유를 알아내려 하고 있지만 도무지 알 수가 없었다. 랜덤하게 수거해서 조사해도 도무지 대장균이 나오지 않았던 것이다. 그런데 이상하게 FDA가 검사하면 대장균이 나온다.

'그쪽에서 장난을 친 걸까? 아냐, 그건 아니야.'

이건 아직 시장 자체도 작은 식품일 뿐이다. 고작 그걸 가지고 FDA가 장난을 칠 이유가 없다. 그렇다면 다른 이유가 있다는 것인데.

'결국은 가 보는 수밖에 없겠군.'

결국 노형진은 마음을 굳혔다. 이유는 알 수 없지만 어차피 대룡과는 동반자적 입장이니만큼 도움을 줄 수 있다면 줘야 하는 관계.

"알겠습니다. 제가 가서 조사를 좀 해 보도록 하겠습니다."

노형진은 고개를 끄덕거렸다.

⚖️

"좋군."

함께 비행기에서 내린 남상주 변호사는 흐뭇한 미소를 지었다.

"오는 내내 주무셨잖습니까?"

"그러니까 좋다는 거야. 역시 비즈니스라고 할까?"

대룡에서 적극적으로 밀어준 덕분에 그들은 가장 빠른 비행기의 비즈니스석에 탑승해서 올 수 있었다.

"그나저나 의외로군. 다른 젊은 사람들도 있지 않았나? 날 데려오다니?"

"이번 사건에는 패기보다는 완숙함이 필요하니까요."

남상주가 말하는 건 새론의 내부에 있는 수많은 여자 변호사들을 말하는 것이었다. 새론에는 재색을 겸비한 여자 변호사들이 있다. 노형진이 원했다면 그런 사람들을 데리고 올 수 있었을 것이다.

"그러니까 자네가 모솔인 거야."

"바빠 죽겠는데 무슨 연애질입니까?"

"난 바빠도 결혼하고 애까지 낳았다네."

"나중에 하겠습니다."

노형진은 씁쓸하게 말했다. 아직까지 과거, 아니 회귀 전에 있었던 전 와이프의 배신에서 벗어나지는 못한 상황이었기 때문에 결혼은 좀 꺼려졌다.

'그리고 뭐, 아직 이르기도 하고.'

이제 노형진의 나이 20대 초반이다. 결혼을 이야기하기에는 너무 이른 나이이기도 하다.

"일단은 어차피 우리는 여기서 뭘 할 수 있는 건 아닙니다. 서류 검사 정도는 도와줄 수 있겠지만요."

"하지만 그것도 도움이 안 될 가능성이 높네. 미국 법은 전혀 다르니까. 아, 그러고 보니 전에 자네, 미국 법을 공부한다고 하지 않았나?"

"네."

공부한 정도겠는가. 만일 미국이 한국처럼 사법시험을 봐서 붙는 구조였다면 당장이라도 합격할 자신이 있다.

'뭐, 이번에는 그럴 일이 없겠지만.'

회귀 전에는 아내에게 배신당하고 난 후 한국이 싫어져서 떠난 것이다. 하지만 지금은 다시 한국을 떠날 생각이 없다. 돈만 있다면 한국처럼 살기 좋은 곳도 없기 때문이다.

"그러니까 우선은 이번 사태가 왜 벌어지고 있는 건지 알아야겠습니다."

노형진과 남상주가 바깥으로 나갔을 때 저 멀리 한 남자가 커다란 한글로 된 이름표를 들고 있었다.

"저 사람이 우리를 마중 나온 사람인가 보군요."

선글라스를 쓰고 시커먼 정장을 입은 남자가 들고 있는 커다란 표지판에는 노형진과 남상주라는 이름이 붙어 있었다.

"반갑습니다. 노형진입니다. 한국에서 왔습니다."

인사를 건네던 노형진은 깜짝 놀랐다. 그 인사를 받아 준 사람이 그 남자가 아닌 그 남자 뒤에서 나온 여자였기 때문이다.

"캐서린입니다. 웰슨 로펌에서 나왔습니다."

캐서린이라고 불린 여자는 매혹적인 검은 피부를 가진 흑인 여자였다.

"변호사이신가 보군요?"

"어떻게 아셨는지요?"

"그냥 이미지를 보면 알지요."

"이미지요?"

고개를 갸웃하는 캐서린을 보면서 노형진은 상황을 알 것 같았다.

'반쯤은 쫓겨 왔구만.'

웰슨 로펌은 미국 내에서도 유수의 로펌이다. 전통과 역사를 자랑한다. 사실 노형진이 미국에 있을 때 잠시 몸을 담은 적도 있다. 그런 곳에서 이런 젊은 사람을, 그것도 여자를 보냈다는 것은 간단하다. 넌 도움이 안 되니 찌그러져 있어라. 그건 단순히 캐서린뿐만 아니라 그와 남상주에게 전하는 말이기도 했다.

'쯧쯧, 그놈의 자존심하고는.'

하긴 아무리 의뢰인이 한국의 기업이라고 하지만 미국 법과 전혀 상관없는 한국의 변호사를 보낼 테니 적극적으로 도와주라는 말을 하는 것은 웰슨 로펌으로서는 자존심이 상할 수밖에 없는 행동일 것이다.

"이분은 경호원이시겠군요."

"어떻게 하셨습니까?"

캐서린은 깜짝 놀랐다. 그저 이름만 공개했을 뿐인데 그는 벌써 두 개를 맞춘 것이다.

"간단합니다. 운전사치고는 덩치가 있군요. 그리고 왼쪽 옆구리 쪽 양복이 약간 부풀었지요. 바짓단 아래쪽도 약간 두껍고요. 발목에도 총을 숨겨 뒀다가 꺼내기 편하게 만들었다는 뜻이겠죠."

"대단하군요."

캐서린은 노형진의 말에 의외라는 표정을 지었다.

사실 이런 일이 떨어졌을 때 짜증이 났다. '고작 이런 일이나 하려고 공부했나?' 하는 생각이 들 정도였다. 그런데 작은 나라에서 온 사람치고는 무척이나 날카로운 구석이 있었다.

"일단은 바로 움직일까요?"

"숙소로 가실 거죠?"

"그렇죠. 짐만 두고 바로 움직이지요."

"네."

노형진은 캐서린과 함께 바로 호텔로 움직였다. 한시라도 문제를 해결해야 할 시점이었기 때문에 지체할 시간이 없었다.

⚖

"이걸 쓰십시오."

"네?"

캐서린은 노형진이 건네준 안경을 받아 들고는 어리둥절해졌다.

"전 안경을 안 쓰는데요?"

설사 쓴다고 한다고 해도 남이 준 도수도 안 맞는 안경을 쓸 생각은 없었다.

"이미지 때문입니다."

"이미지요?"

"네, 하얀색 블라우스에 검은색 정장, 누가 봐도 난 변호사라는 느낌입니다. 아실지 모르지만 눈매가 날카로우셔서 공격적으로 보입니다."

"그게 무슨 관계가……."

"여자시잖아요."

그 말에 캐서린은 얼굴을 찌푸렸다. 자신을 여자라고 무시하는 사람이 가장 싫었기 때문이다.

'이 사람도 그런 건가? 이따가 침대로 끌어들이려고 하는

거 아냐?'

안 그래도 변호사치고는 너무 튀는 외모를 가지고 있어서 선배들로부터 알게 모르게 음담패설의 대상이 되고 있다는 사실을 알고 있는 캐서린은 갑자기 그나마 조금 생겼던 노형진에 대한 좋은 이미지가 사라지는 느낌이었다.

"생각하시는 그런 거 아닙니다."

노형진은 그런 그녀의 생각을 알아챈 건지 손을 들어서 흔들었다.

"여자라는 점이 손해라고 생각하지 마십시오. 여자라서 유리한 점도 있습니다. 여자라서 상대방은 만만하게 보는 것도 있습니다. 그걸 적당하게 이용하면 아무래도 싸움을 유리하게 이어 갈 수 있지요."

"여자라서 만만하게 본다?"

"네."

성공한 여자들은 두 종류가 있다.

하나는 여자이면서도 자신이 여자라는 것을 부정하고 엄청난 실력과 업적을 쌓아 가면서 남자들에게 적대적으로 하는 사람들. 나머지 하나는 실력을 쌓으면서도 자신이 여자라는 것을 인정하고 그걸 이용할 줄 아는 사람들.

전자는 개인적으로는 성공해도 사회적으로는 성공하지 못한다. 그럴 수밖에 없는 게 그런 타입은 남자들에게 적대적인데 일반적인 기업의 구성원의 대부분이 남자다 보니 제대로 소통되지 않는다. 남자 부하 직원이 하는 말을 무시하면서 아예 진행되지 않거나 남자 직원이 거부감을 드러내기 때문이다. 그에 반해 후자는 자신이 여자라는 점을 이용하여 응원도 해 주고 내부 조율도 하면서 훨씬 조직을 더 잘 이끌어 간다.

'진짜 무서운 건 후자인데 말이지.'

노형진이 봤을 때 캐서린은 여전히 전자인 타입이었다. 그걸 알 수 있는 게 입고 있는 정장의 하의가 바지라는 것. 보통 후자는 치마를 입고서 자신들을 유혹하려고 한다.

"이미지가 무슨 관계가 있다고……."

"판사들 대부분은 남자입니다."

"……?"

"뭐, 조금 지나면 알게 될 겁니다. 그리고 우리가 갈 곳에서 그런 복장은 사람들에게 경계심을 일으키기 쉽습니다."

사실 노형진이 그녀에게 안경을 준 것은 단순히 그녀에게 도움을 주기 위해서만은 아니었다.

'그런 복장으로 어딜 가면 누구나 경계한단 말이지.'

딱 봐도 '나는 변호사입니다.'라는 복장으로 경호원까지 대동하고 들어가면 누구든 입을 다물기 마련이다. 그래서 노형진과 남상주는 옷을 갈아입고 나온 상태. 그 상황에서 그녀의 여성 정장은 상당히 튈 수밖에 없었다.

"흠."

다행히 캐서린은 바보는 아니었다. 아무리 하찮은 일이라고 할지라도 자신에게 맡겨진 일이고 그걸 하기에는 복장이 문제가 된다는 말에 잠시 고민하는 듯 자신의 위아래를 살피더니 갑자기 방향을 돌렸다.

"잠시만 기다려 보세요."

호텔 안으로 들어간 그녀는 금방 새로운 옷을 입고 나왔는데 노형진은 그걸 보고 코피가 나오는 기분이었다.

'끝내주네.'

완벽하게 드러난 몸매에 짧은 미니스커트에 안경까지 쓰고 나자 절대 변호사로 보이지 않았다.

"이 정도면 되나요?"

"좋군요."

좀 과한 듯싶기는 했지만 말이다.

'뭐, 저런 복장을 한 여자를 경계하는 사람은 없지.'

노형진과 남상주는 그녀를 데리고 바깥으로 나갔고 곧 또 다른 문제가 있음을 알 수 있었다.

"어, 차를 좀 바꿔야겠는데요?"

누가 봐도 '난 위압적인 존재입니다.'라는 포스를 내뿜는 대형 SUV를 본 노형진은 한숨을 쉬면서 중얼거렸다.

⚖

"회사에서 알면 한 소리 할 텐데요."

"몰라. 난 접대하라고 해서 하는 거야."

오래된 차량을 타고 움직이는 사람들. 급하게 차를 빌리느라고 의외로 비싼 돈을 줘야 했다. 심지어 경호원의 복장도 다른 옷으로 바뀌어 있었다. 물론 회사 돈으로 산 것이다. 당연히 회사에서 뭐라고 할 일이었다.

"도대체 이게 무슨 의미가 있나요? 조사한다고 하면 일단 FDA에 가야 하는 거 아닌가요?"

"어차피 그쪽은 웰슨 로펌에서 알아서 하실 테니까요."

그들이 콧대가 높기는 하지만 그만큼 일을 잘한다는 사실을 노형진은 잘 알고 있다. 한국처럼 돈이 있어서, 또는 회사가 커서 콧대가 높은 게 아니라 전통과 역사로 자라난 대형 로펌이기 때문에 콧대가 높을지언정 그 실력은 확실한 것이다.

'어차피 FDA에 간다고 해도 우리한테 뭘 보여 줄 리도 없고.'

가 봐야 서류 정도인데 그 서류는 나중에 가서 확인하면 그만인 것이다.

"그럼 어디로 가는 거죠?"

"가게 갑니다."

"가게?"

"네, 레토르트식품이 들어간 가게에 가서 몇 가지 확인할 게 있습니다."

노형진은 오기 전에 한국에서 공장을 견학했다. 그리고 그

깔끔한 위생 상태를 확인하고 감염 지역이 한국이 아니라는 사실을 알 수 있었다.

'그렇다면 배송 과정, 아니면 배송 후라는 건데.'

배송 과정이라면 자신들의 잘못이 맞다. 그러나 배송 이후라면 대롱의 잘못이라 보기는 힘들다.

'하지만…… 그럴 가능성도 낮단 말이지.'

만일 그들의 잘못이라면 한두 곳, 많아야 서너 곳에서 이런 사태가 벌어져야 한다. 그런데 FDA의 조사에 따르면 무려 60% 이상에서 기준치 이상의 대장균이 나왔다.

'뭔가 있어.'

노형진이 봤을 때는 이 뒤에 뭔가 있었다.

"여기예요."

그렇게 고민하는 사이, 첫 번째 가게에 도착했고 노형진은 그곳을 보고 얼굴을 찌푸렸다.

"생각보다 크네요?"

가게라고 하기에 작은 규모를 생각했는데 거의 한국의 마트급이라고 할 정도였다.

"미국은 원래 이런 대형 마켓에서 쇼핑하는 게 보통이죠. 대부분 차가 있으니까요."

"하긴."

한국처럼 땅이 작은 것도 아니니 이렇게 대형화하는 게 부담스럽지는 않을 것이다. 더군다나 한국에 비해서 기름값도 훨씬 싸다.

"그런데 우리가 물어본다고 알려 줄까요?"

"알려 줄 리 없죠."

웰슨 로펌이 이곳을 조사하지 않았을 리 없다. 그럼에도 불구하고 아무것도 나오지 않았다는 건 이쪽이 그다지 협조적이지 않았다는 뜻이다.

"일단 가 보죠."

그들은 차에서 내려서 가게 안으로 향했다. 몇몇 사람들이 흘깃 노형진 일행을 바라보았다. 그들은 하나같이 노형진과 함께 지나가는 캐서린의 몸매를 보기 위한 듯 눈을 반짝거리고 있었다.

"의외로 시선을 별로 안 받네요?"

캐서린은 들어가면서 의외로 자신들이 시선을 안 받는다는 사실에 놀랐다. 보통 이런 곳에 오면 무척 시선을 받기 때문이다.

"주변을 보세요."

"주변을? 아!"

의외로 자신 말고도 타이트하고 야한 복장을 한 여자들이 많았다. 아마도 이 근처에 여자들이 많이 있는 직장이 있는 모양이었다.

"사람들의 시선이라는 것은 그곳에 자연스럽게 녹아들어야 안 받는 겁니다. 캐서린 씨가 그게 무난하다고 생각하는 건 그런 삶을 살아가는 사람들 사이에 있으니까 그런 것뿐이에요."

"그럼 저한테 아까 하신 건?"

"출발하기 전에 확인해 보니 이 주변에 슬럼가가 많더군요."

슬럼가가 많다 보니 대부분 하층민이다. 그런 곳에 사는 사람들이니 아무래도 그런 정장 스타일이 아닌 편하고 튼튼한 옷을 찾기 마련이다.

"그래서?"

"네."

여자들도 마찬가지다. 아무래도 이곳을 벗어나기 위해서 남자들을 꼬시려고 자극적인 옷을 입는 사람들이 많았다.

"미국은 처음이라고 하지 않으셨어요?"

"처음이죠."

"그런데 어떻게 아셨어요?"

"사람들은 다 비슷하니까요."

노형진은 대충 둘러대면서 마트 안에서 물건이 있는 곳을 찾기 시작했다. 그리고 얼마 지나지 않아서 그 물건이 있는 곳을 찾을 수 있었다. 정확하게는 있었던 곳이라고 해야 할까?

"여기군요."

증거로 제출된 사진. 그곳에는 이미 다른 물건이 들어와 있었다.

"당연하다면 당연한 거죠. 리콜이 들어왔는데 있을 리 없잖아요."

"그건 그렇지요."

"솔직히 의미가 없다고 보이는데요, 전?"

캐서린이 보기에 여기를 조사하는 것은 의미가 없다고 생각하고 있었다. 이미 조사한 상태이니 말이다.

"차라리 공장 쪽을 알아보는 게……."

"이미 알아봤습니다. 근데 그쪽도 문제가 없었어요."

"그래요?"

"네, 더군다나 그쪽에 문제가 있다면 통관하면서 걸렸을 겁니다."

즉, 어디선가 통관 이후에 문제가 생겼다는 소리다.

"그럼 여기에 온 의미가 없잖아요? 실물도 없는데."

"보면 압니다."

노형진은 조용히 돌아다니는 직원에게 다가왔다.

"저기요. 여기 있던 코리안 푸드 어디 있나요?"

직원은 멍하니 졸린 표정을 하고 있다가 노형진이 가리킨 방향을 바라보면서 잠시 생각에 잠겼다.

"코리안 푸드요?"

"그거 있잖아요. 레토르트식품으로 나온 거."

"아! 그거요? 없어요. 다 리콜되었어요."

"네? 왜요?"

천연덕스럽게 물어보는 노형진을 보면서 캐서린은 깜짝

놀랐다.

'한국에서 왔다더니 미국에서 산 적이 있는 사람인가?'

그가 하는 말은 말 그대로 원어민 발음이었기 때문이다. 그 때문에 그 직원은 조사를 위해 나온 변호사일 거라는 가능성은 전혀 생각지도 못하고 아주 당연하다는 듯이 이런저런 이야기를 하기 시작했다.

"그렇게 말입니다. 그거 인기 좋았거든요."

"좋았어요?"

"맛있지, 먹기 편하지, 영양학적으로도 좋다고 하지. 맨날 햄버거나 먹던 우리 같은 가난한 사람들의 한 줄기 희망이었다고요."

"희망까지야."

노형진이 킬킬거리자 그 역시 킬킬거린다. 아마도 장난을 치고 싶었던 모양이다. 노형진은 그걸 알고 자연스럽게 받아들여 준 것이고 말이다.

"먹을 만은 했죠. 인기 좋았던 것도 사실이고 그런데 대장균 때문에 안 좋은 소문이 났어요."

"네, 아무래도 좀 찝찝한 것은 사실이죠."

"이런, 아까워라."

천연덕스럽게 맞장구를 치는 노형진. 그러자 직원은 더욱 수다를 떨기 시작했다.

"근데 제 주변에서 그걸 먹고 탈 난 사람은 한 명도 없거든요."

"그래요?"

"저도 그거 하루에 한 개씩은 먹었는데요, 뭐. 그리고 뭐냐? 풀고기? 하여간 그거 얼마나 맛있는데요."

"아, 먹고 싶다."

"그러게요. 하여간 그거 먹고 탈 난 사람은 없는데 대장균이 나왔다고 하니 그런가 보다 하는 수밖에요."

"아깝네요."

노형진은 이런저런 잡담을 하다가 몸을 돌려서 나왔다. 남상주는 먼저 나와서 기다리고 있었다.

"쓸 만한 정보 좀 구했어?"

"딱히요. 음식은 인기가 있었고 주변에 탈 난 사람은 없다고 하더군요."

"그래?"

"네, 그러면 음식의 차이에 문제가 있다고 보기는 힘들어지는데요."

그렇다면 어째서 이런 문제가 생긴 건지 미스터리로 남게된다.

"난 다른 직원이랑 이야기해 봤는데."

노형진이 다른 직원을 두고 남상주 변호사를 데리고 온 것은 다 이런 이유 때문이다. 그는 미국에서 유학한 사람이라 미국의 문화 같은 것에 대해서 잘 알고 있었기 때문이다. 아니나 다를까, 그는 노형진이 다른 직원과 이야기하는 사이 다른 정보를 캐 왔다.

"요 며칠간 생각보다 로스가 안 났다고 하던데?"

"네?"

노형진은 그 말에 고개를 갸웃했다.

"로스요?"

무슨 뜻인지 모르는 캐서린지 고개를 갸웃하자 노형진이 설명해 줬다.

"한국에서는 수입과 지출이 안 맞는 걸, 정확하게는 수입이 지출보다 적은 걸 로스라고 합니다. 마이너스라는 뜻이죠."

"그게 왜요?"

"이런 곳에서는 로스가 나야 정상이거든요."

"네에?"

그 말에 캐서린은 고개를 갸웃했다. 로스가 나야 정상이라는 게 이해가 가지 않았기 때문이다.

"판만큼 들어오는 거 아닌가요?"

"맞습니다. 하지만 어딜 가나 도둑질이라는 것이 있지요."

가난한 동네라고 해서 도둑만 있는 것도 아니고 부자라고 해서 도둑이 없는 것도 아니다. 물론 빈도의 차이는 있지만 어느 지역이든 도둑이 있기 마련이다.

"당연히 이런 마트에는 마이너스가 있습니다. 그리고 그걸 감안하고 운영하는 거죠."

"그런데요?"

"그런데 왜 마이너스가 안 될까요?"

"……?"

"그건 좀 이상한 거죠."

아무리 잘 막는다고 해도 어느 정도의 마이너스는 감안할 수밖에 없다. 그런데 마이너스가 안 난다니?

"어때? 이번 사건과 관련이 있을 것 같아?"

"그럴지도……."

노형진은 그것이 우연은 아닐 거라는 생각이 들기 시작했다.

⚖

"여기도 마찬가지네."

"역시나 없군요."

확실히 미국 내 리콜 체계는 잘되어 있다. 소문이 나기 무섭게 리콜 명령이 떨어지자 대룡에서 만든 음식들은 도무지 찾아낼 수가 없었다.

"마땅한 정보 없나요?"

"없어요."

캐서린 역시 어떻게든 도와주려고 했지만 아직까지 넉살이 좋지 못한 캐서린은 그다지 도움이 되지 못했다. 하긴 아무리 그녀의 능력이 뛰어나도 지금은 도움이 되지 않는다.

이것이 법이다

"도대체 어떻게 된 걸까요?"

심지어 노형진조차 아무런 정보도 얻지 못한 채로 나와야 했다.

"전체적으로 음식에 대한 평가는 좋습니다. 아쉬워하는 사람들도 많고요."

"그런데 갑자기 대장균 문제가 생겼단 말이지……."

우연치고는 너무 공교롭다고 해야 할까? 그런데 그 우연치고는 공교로운 것이 하나 더 있었다.

"그나저나 여기도 마찬가지인가요?"

"그래, 여기도 마찬가지야."

그건 다름 아닌 로스, 그러니까 마이너스의 차이였다.

"마이너스가 없거나, 있어도 작거나, 어떤 경우에는 도리어 예상보다 더 돈이 들어왔단 말이지."

결과적으로 사건이 벌어진 모든 장소에서 특이하게도 흑자가 났다는 것.

"우연치고는 좀 공교롭지 않아?"

"그런 것 같죠?"

우연치고는 너무나 공교로웠다.

"설마 그럼 마트에서 돈을 받고 장난을 쳤다는 건가요?"

한 가지 가능성을 제시하는 캐서린. 하지만 노형진은 고개를 흔들었다.

"그런 거라면 흑자가 난다는 게 말이 안 됩니다. 흑자란 정식으로 수익으로 잡힌다는 건데 몰래 누군가의 사주를 받고 그런 거라면 수익을 잡을 이유가 없지 않습니까?"

"그건 그렇지요."

상황을 알 수 없는 이상 현상. 노형진은 입맛을 다시면서 다음 주소를 꺼내 들었다.

"일단 마지막으로 이곳으로 가 봅시다."

"벌써 사건 조사를 끝내시려고요?"

"이 이상 가게들을 돌아다녀 봐야 특이 사항은 없을 것 같군요."

결국 일이 어떻게 된 건지 알아내지 못한 채로 마지막 가게로 향하는 사람들.

이곳은 중산층들이 사는 곳으로, 다른 어떤 곳보다 규모가 좀 있는 곳이었다. 노형진은 지금까지와 마찬가지로 천연덕스럽게 매장 직원에게 다가갔다.

"혹시 여기에 코리안 푸드 있어요?"

"코리안 푸드?"

"그거 있잖아요, 레토르트식품으로 나온 거. 저쪽에 있었던 것 같은데 안 보이네요."

말을 하면서도 기대는 하지 않는 노형진. 그런데 직원의 말이 그런 노형진을 당황하게 만들었다.

"아! 그거요? 매대 옮겼어요. 저쪽 3번요."

"네?"

"식료품 3번 라인으로 옮겼다고요."

"네? 아, 네⋯⋯."

그 말에 노형진이 몸을 돌렸을 때, 마침 각 라인에 있던 사람들 역시 한꺼번에 나왔다.

"들었나?"

"들었습니다. 3번 라인에 있다고 하더군요."

"모두 리콜되었다고 들었는데? 여기는 무슨 오류가 있었던 건가? 그래서 빠진 건가?"

"그럴 리가요."

지금까지 있던 마켓 중 가장 크고 시설이 잘되어 있는 곳이다. 이런 곳이 리콜에서 빠진다는 것은 이해할 수가 없는 일이었다.

"일단 그 물건을 확인하고 생각하죠. 지금이라도 빼려고 할지도 모르잖아요."

"그렇지요."

노형진은 남상주 변호사와 더불어 3번 라인으로 향했다.

"저기 있다."

진짜로 저 멀리 보이는 봉투. 진짜로 있었다.

'그래도 시료는 구한 셈이군.'

노형진은 그곳으로 다가가서 이걸 검사해 보려고 생각하는 그때였다. 먼저 다가간 남상주 변호사가 봉투를 들고 고개를 갸웃하는 것이 보였다.

"왜요?"

"아니, 이거 맞나?"

"네?"

"비슷한 것 같기는 한데……. 느낌이 좀 다르지 않아?"

그 말에 노형진은 그 레토르트 봉투를 집어 들고 살피기 시작했다. 그리고 금방 뭔가 다르다는 사실을 알아차렸다.

"절묘하게 비슷하기는 한데…… 묘하게 다르군요."

"그렇지?"

"맞습니다. 이건 대룡의 제품이 아니에요."

디자인뿐만 아니라 이름까지 비슷하다. 대룡이 론칭한 상품의 공식 명칭이 '고향의 봄'이다. 그런데 이 명칭은 '고장의 봄'이다.

"이 '장' 자라는 이름도 묘하게 꾸며 놨군."

'장' 자를 묘하게 굴려 씀으로써 마치 향처럼 보이게 만들어 놓은 물건. 심지어 쓰인 사진조차도 비슷한 상황이다.

"어떻게 된 거지? 한국 음식을 레토르트로 만든 곳이 더 있었나?"

"저도 처음 알았는데요. 설마 이게 문제가 되는……."

봉투를 살피던 노형진은 자신도 모르게 신음성을 흘렸다.

"끄으응……."

"왜 그래? 무슨 일이 있나?"

"여기를 보세요."

이것이 법이다

"여기?"

남상주는 노형진의 말에 고개를 갸웃하면서 봉투를 뒤집 어서 뒷면을 확인했다. 비슷하게 생긴 성분 표와 여러 가지 표지들 그리고 맨 아래 써 있는 제조원.

그걸 본 남상주 역시 자신도 모르게 신음성을 흘렸다.

"끄응…… 제조원…… 성화……. 반갑지 않은 이름이군."

"그렇군요."

그 반갑지 않은 이름은 이번 사건이 결코 쉬운 일이 아니 라는 사실을 말해 주는 듯했다.

명품만 짝퉁이 있는 건 아니다

"뭐라고?"

유민택은 이야기를 듣고는 화가 나기보다는 어이가 없다
는 표정을 지었다.

"지금 뭐라고 했나? 성화가 한식에 진출했다고?"

"그렇습니다."

"잘못 본 건가?"

"아닙니다. 보고서를 메일로 보냈으니 확인해 보면 아시겠
지만 한식 메뉴에 진출했습니다. 이름이 고장의 봄이더군요."

이름도 비슷하고 디자인도 비슷하고 심지어 메뉴는 똑같
았다.

"이런 미친……."

유민택은 어이가 없었다. 설마 성화가 이렇게 조용히 뭔가를 할 거라고는 생각도 못했던 것이다.

"보니까 이건 미국 시장에서 만든 것이더군요. 그러니 당연히 대룡이 모를 수밖에요."

성화는 대룡의 감시를 피해서 공장을 미국에 만들었고 당연히 그곳에서 모든 재료를 구입해서 만들고 있었다.

"끄응, 설마……."

"아마도 그쪽 일도 성화가 손쓴 것이 아닐까 하는 생각이 듭니다."

그럴 가능성이 높다. 방법은 모르지만 절묘하게 일이 터진 걸 봐서는 말이다.

"알았네. 그건 자네가 좀 알아보게. 난 내 쪽에서 할 수 있는 걸 알아보도록 하지."

"알겠습니다."

통화가 끝나자 옆에서 듣고 있던 캐서린은 고개를 갸웃했다.

"아니, 그걸 그냥 둬요?"

"뭘 말입니까?"

"똑같은 상품을 만들었잖아요? 그런데 그걸 그냥 두냐고요?"

그 말에 노형진은 쓸쓸한 얼굴이 되었다.

"어쩔 수 없습니다."

"네? 어째서요?"

"현재로써는 방법이 없으니까요."

"방법이 없다?"

"한국 정부는 특허는 보호하지만 아이디어는 보호하지 않거든요."

"그게 무슨……?"

노형진의 말에 이해할 수 없다는 얼굴이 되는 캐서린이었다.

'하긴 캐서린의 입장에서는 이해 못하겠지.'

미국은 저작권이나 특허권에 대한 보호가 무척이나 강하다. 딱 봐도 어떤 물건을 베껴서 만든 게 확실하다 싶으면 무조건 처벌을 내린다. 하지만 한국은 그렇지 않다.

한국 정부의 논지는 간단하다. 상품은 보호하지만 아이디어는 보호하지 않는다. 여기에 무슨 문제가 있느냐면 이번 사건처럼 레토르트식품형 비빔밥이 나왔을 경우 다른 기업이 성분 하나만 살짝 바꿔서 내도 처벌하지 않는다는 것이다. 가령 원래 나오던 것에 시금치를 하나 더 추가한다는 식으로 말이다.

"그래서 한국 시장은 대부분 비슷합니다. 뭐가 하나 성공하다 싶으면 너도 나도 살짝만 바꿔서 따라 하거든요."

"아니, 왜요?"

"그거야 돈 때문이지. 뭐가 있겠는가?"

듣고 있던 남상주는 당연하다는 듯 어깨를 으쓱하면서 끼어들었다.

"돈?"

"그래, 원래 이런 건 대기업끼리 하는 경우는 드물어. 있어도 적당히 돈을 주고 권리를 사 와서 하는 경우가 대부분이지."

"그럼?"

"중소기업에서 만든 걸 베끼는 거야, 그냥."

중소기업에서 쓸 만한 걸 만들어서 내면 대기업은 그걸 성분이나 디자인만 살짝 바꿔서 판매한다. 당연히 배급망의 차이나 지명도의 차이 때문에 중소기업은 망해서 그대로 대기업에 집어삼켜진다.

"헐……."

"그런 게 보통이니까."

어깨를 으쓱하는 남상주였다. 정부에 제소해 봐야 의미가 없다.

"그건 한국일 때의 이야기죠."

그런데 노형진은 이유가 있는 듯 그저 미소를 지을 뿐이었다.

"일단은 급한 건 어째서 이런 일이 벌어졌는지 확인하는 겁니다."

"음."

성화가 한식 레토르트식품 시장에 진출했다고 하지만 그것만으로는 증거가 될 수는 없다. 분명 다른 이유가 있을 수밖에 없는 일.

"핵심에 접근할 수 있을 거 같은데."

남상주 역시 찜찜함을 감추지 못하는 상황.

'젠장, 뭐라도 하나 남아 있으면 좋으련만.'

성화에서 나온 식품을 구입해 오기는 했지만 거기에 기억은 남아 있지 않았다. 당연하다. 제대로 만들어진 제품일 것이다. 문제는 대장균이 나온 그 제품들이다.

'상식적으로 아무리 날림으로 만든다고 해도 그 정도 대장균이 나오기는 힘들어. 즉, 인위적으로 넣었단 말이지. 그런데 완전히 밀폐된 식품 안에 도대체 어떻게 대장균을 넣은 거지? 그건 불가능해.'

포장의 특성상 개봉되면 티가 날 수밖에 없다. 설사 작은 주삿바늘을 쓴다고 해도 그곳으로 국물이며 냄새가 샐 수밖에 없다. 그런데 그런 것도 없이 그냥 대장균이 들어갔다.

"망할 성화 놈들. 여전히 사람을 인질로 삼는 버릇은 못 고치는군."

남상주 변호사는 방법을 생각하면서도 이빨을 빠드득 갈았다.

"그렇게 큰 기업이니까요. 다른 방법을 생각하지 못하는 겁니다."

성화는 남을 속이고 등쳐 먹으면서 큰 기업이다. 당장 성화의 군납 부문만 봐도 엄청난 군납 비리를 일으켰고, 심지어 지난번에는 방사능 재료를 넣음으로써 대룡에 막대한 피해를 줬다. 만일 거기에 사람이 들어가서 살았다면 도대체 얼마나 많은 피해가 생겼겠는가.

"진짜 사람 목숨을 뭐로 아는 건지."

"그렇게 말입니다."

"남의 물건을 베껴서 팔기만 하고 말이야."

남상주 변호사가 투덜거리던 말을 듣던 노형진의 머릿속에 한 가지 가능성이 스치고 지나갔다.

"베낀다고요?"

"응?"

"방금 베낀다고 하지 않으셨나요?"

"그게 뭐?"

"아니, 방금 베낀다고 하셨죠?"

"그렇지 않은가? 그 고장의 봄인지 고장 난 봄인지 딱 봐도 고향의 봄 시리즈를 베껴서 만든 것 아니냔 말이야."

디자인도, 내용물도 비슷하게 만들어서 파는 물건. 누가 봐도 베낀 것이다.

"베낀다고 하면 똑같은 것도 만들 수 있겠지요?"

"그거야 어렵지 않겠지. '포대갈이'라는 것도 있으니까……."

말을 하던 남상주는 흠칫했다. 포대갈이란 생산지를 속이기 위해서 많이 쓰는 방법으로, 대표적인 예가 중국산 소금을 들여와서 포대만 갈아서 국산으로 파는 것이다. 그리고…….

"그걸 음식에 하지 말라는 법은 없지 않습니까?"

"음……."

비슷한 포장을 한다는 것은 다르게 말하면 디자인만 살짝 바꾸면 똑같은 포장을 할 수 있다는 소리다.

"그러고 보니 우리가 조사한 곳들 말입니다. 모두 이상하게 수익이 높았다고 했지요?"

"그렇다고 했지."

"만일 우리가 모르는 사이에 그 안에 가짜가 들어갔다면요?"

"그게…… 어렵지 않은 일이겠군."

중간에 물건을 가로채는 것은 어려운 일이다. 절도죄가 성립되니까. 하지만 매장 내에서 누군가 물건을 가져다 두는 것은 어려운 일이 아니다. 물건을 가지고 가려고 하다가 마음이 바뀌어서 제자리에 가져다 두는 것은 흔하게 벌어지는 일이니 말이다.

"설마……."

"그런 식이면 말이 됩니다."

물건마다 다 매겨진 게 아니라 바코드로 인식해서 판매하는 것이 매장의 기본 방침. 당연히 똑같은 바코드라면 의심 없이 물건이 나간다. 그리고 누군가 슬쩍 똑같이 생긴 가짜를 가져다 둔다면?

"그러면 수익이 남겠지."

당연히 산 적이 없는 물건이 팔렸으니 추가 수익이 날 수밖에 없는 일.

"성화 이 개새끼들이 미쳤구나."

"미국은 큰 시장이니까요."

미국은 거대한 시장이다. 그리고 그 시장을 선점하는 사람이 엄청난 수익을 내기 마련이다. 애초에 점유율이라는 것이 중요하게 생각되는 것에는 다 이유가 있다.

"그럼 정정당당하게 시작하든가!"

분명 성화는 후발 주자다. 물론 그렇다고 해도 그다지 큰 차이가 나지는 않는다. 지금은 일부 대도시에만 시험적으로 납품되고 있는 상황이니까.

"성화로서는 그럴 이유가 없지요."

제대로 싸우는 것보다는 편법으로 싸우는 것이 훨씬 편하다. 더군다나 성화는 대룡과 다르게 현지에 공장까지 세웠다. 즉, 기존에 있던 공장들을 이용하는 대룡에 비해 엄청난 돈이 들어갔다는 소리다.

"미친놈들."

남상주는 이빨을 빠드득 갈았다.

"일단은 동영상을 확보하는 것이 우선이겠군요."

누군가 물건을 가져다 놨다는 사실만 증명할 수 있다면 이 사건은 어렵지 않을 것이라는 생각에 노형진의 얼굴이 환해졌다.

⚖️

"없다고요?"

"네, 없습니다."

"이, 이런……."

캐서린은 안타까운 얼굴이 되었다. 그럴 수밖에 없는 것이 어떤 마트에도 그 당시의 동영상이 없었기 때문이다.

"상식적으로 그렇게 특정 지역을 세밀하게 찍는 곳은 없습니다."

마트 내부에 카메라가 있다고 하지만 그건 보관 기간에 한계가 있다. 설사 좀 긴 보관 기간을 가지고 있는 곳이라고 할지라도 특정 물건을 집중적으로 찍지는 않는다.

"하나도 없나요?"

"없네요."

웰슨 로펌은 안 그래도 복잡한 상황에 노형진이 새로운 길을 찾았다고 처음에는 좋아했지만 전혀 영상 자료가 없다는 사실에 실망감을 감추지 못했다. 물론 아예 없는 것은 아니었다. 몇몇 대형 마트들은 장기 보관을 하기도 했다. 하지만…….

"도무지 각도가 안 나와."

"이거 반납하는 사람이 너무 많은데?"

둘 중 하나다. 각도가 안 나와서 반납하는 사람이 누군지 알아볼 수 없는 경우거나 반납하는 사람이 너무 많은 경우거나. 아니면 둘 다일 수도 있다.

하여간 카메라로 그곳에 물건을 놓고 가는 사람을 특정한다는 것은 사실상 불가능에 가깝다는 생각에 다들 축 늘어졌다.

"이러면 확실한 증거가 없는데요."

"그렇겠지요. 그리고 증거가 없으면 말해 봐야 소용없을 테고 말입니다."

모든 것을 증거로 판단하는 것이 바로 법원이다. 그런 곳에서 이런 심증이 있는데 받아 달라고 하면 들은 척도 안 할 것이다.

'한국도 아닌 미국인데 말이지.'

한국은 끼리끼리 뭉치는 성향이 강해서 있는 자를 위해서 그쪽에서 말하는 주장을 모른 척 받아들이는 경우도 있지만 미국은 그렇지 않다. 판사직이 종신제인 한국과 다르게 기존에 있던 변호사들 중에서 실력 있는 사람들을 판사로 뽑는 체계로 되어 있어서 판사들의 자존심이 엄청나게 강한 데다가 만일 그런 비리를 저지르면 단순히 잘리는 정도가 아니라 변호사 자격까지 박탈당하는 경우도 있기 때문이다. 한국처럼 서로 좋은 게 좋은 거라고 위법을 저지른 판사가 나가서 변호사를 할 수 있는 상황이 아닌 것이다.

"아무래도 동영상을 찾는 것은 무리인 듯합니다."

"그런 것 같군요. 사실 동영상을 찾는다고 해도 받아들여 줄지는……."

물론 몇몇 의심이 가는 사람들이 있다. 하지만 그게 증거가 되려면 그걸 비교할 수 있는 다른 동영상이 있어야 한다. 쉽게 말해서 저 사람들이 다른 지역에서 몰래 가져다 두는 동영상이 두세 개 정도는 있어야 저들이 무슨 목적을 가지고 반납하는 것처럼 꾸며서 가져다 두었다고 할 수 있는 거지, 한 개 가지고는 그걸 증명할 수가 없다.

"소송의 상태는 어떤가요?"

"좋지 않습니다. 워낙 증거가 명확한 상황인지라."

웰슨 로펌이 아무리 미국 내에서 전통이 있는 유수의 로펌이라고 하지만 지금처럼 세균이라는 명확한 증거가 나온 이상에는 방어할 방법은 없다.

"저희가 봤을 때는 협상하는 게 좋다고 생각합니다."

"협상요?"

"네."

"끄응……."

한국에는 없고 미국에만 있는 독특한 문화. 그건 다름 아닌 협상이다. 무슨 뜻이냐면 형사적인 조정과 같은 것이다. 피고가 죄를 인정하는 대신에 법원은 그의 형량을 깎아 주는 것을 말한다. 가령 10년 형인 경우 피고는 협상을 통해서 죄를 인정하고 6년 형 정도로 감형받고, 대신에 검사는 그 사건을 수사하는 데에 들어가는 시간을 다른 사건 수사에 들이는 것이다. 물론 이건 대한민국에서 들어와서는 안 되는 제도다.

'한국에 들어오면 이루 말할 수 없이 개판이 될걸?'

안 그래도 처벌이 약한 대한민국이다. 열두 살짜리를 강간해도 고작 2년 정도 살고 나오는 나라인데 유죄 협상이 들어

온다면 대부분의 범죄자들은 집유로 나올 것이다. 특히나 부자들은 거의 100% 벌금만 내고 끝낼 것이다. 말 그대로 유전무죄 무전 유죄의 최종판이 되는 것이다.

'그나마 미국은 처벌이라도 강하니까 그게 가능한 거지.'

미국에서 이게 가능한 이유는 자체적으로 처벌이 강력하기 때문이다.

"협상을 통해서 징벌적 배상을 500억 정도로 깎을 수 있을 듯합니다만 대신에 원료에 대한 유감 정도는 표명해야겠지요."

그 말에 노형진은 얼굴을 찌푸리고는 선을 딱 그었다.

"안 됩니다."

"하지만······."

"그렇게 된다면 여우를 피하려다가 호랑이를 만나는 꼴이 됩니다."

그렇게 된다면 대룡에서는 벌금으로 낸 500억 정도는 깎을 수 있겠지만 한국 농산물의 미국 수출에 지대한 악영향을 줄 게 뻔하다. 설사 그렇지 않다고 해도 미국에서 한국 농산물이 좋지 않다는 사과문을 발표하면 가뜩이나 힘들게 올려놓은 대룡의 이미지가 쓰레기통으로 들어가는 건 순식간일 것이다.

'이미지를 좋게 만드는 것은 어렵지만 쓰레기통에 처박히는 것은 순식간이지.'

아무리 광고비를 잘 써도 결국은 작은 일 하나에 이미지가 망가진다.

"차라리 끝까지 싸워서 1천억을 내는 편이 훨씬 나은 선택입니다."

"그렇게 말씀하신다면야."

물론 웰슨 로펌은 대룡에 이런 의견을 따로 물어볼 것이다. 하지만 노형진이 아는 대룡이라면, 아니 정상적인 기업이라면 미치지 않고서야 그런 선택을 할 리 없다.

"일단은 최대한 시간을 끌어 보세요. 제가 방법을 찾아보겠습니다."

노형진은 마음을 독하게 먹기로 했다.

⚖️

"돈을 써 봅시다."

"돈? 무슨 돈?"

노형진의 말에 남상주는 고개를 갸웃했다.

"전 이번 사건에서의 승리의 열쇠가 그들이 투입한 가짜 식품을 찾는 데에 있다고 보입니다."

"그거랑 돈이랑 무슨 관계가 있는데?"

"그거야 미국 문화와의 관계가 있지요."

"미국 문화?"

노형진은 캐서린을 바라보면서 진지하게 물어봤다.

"캐서린, 캐서린은 쇼핑할 때 어떻게 합니까?"

"네? 쇼핑요?"

"네, 일상적인 쇼핑 말입니다. 식료품 같은 거 말이죠."

"그거야 차를 가지고 가서 한꺼번에 사 오지요."

미국은 대부분 차가 있고 기름값이 싸다. 그래서 대부분 마트에서 대량으로 식료품을 사다가 두고 먹는 편이다. 그래야 싸기 때문이다.

"그건 한국도 마찬가지이지 않나?"

"그렇지요."

한국도 점차 마트에서 대량으로 구입하는 추세다.

"그래서?"

"혹시 남상주 변호사님은 그런 경험 없습니까? 물건 사다 놓고 완전히 잊어버리고 있다거나."

잠시 고민하던 남상주는 고개를 끄덕거렸다. 확실히 그런 경험이 있기 때문이다.

"그런 건 저도 있지요."

아무래도 대량을 사다 놓고 잊어버리고 있다 보니 그런 경향이 있기 마련이다. 더군다나 장기 보관이 가능한 물건은 그런 경향이 더욱 강하다.

"그런 걸 찾는 겁니다."

"그런 걸 찾는다고?"

"네, 그런 걸 찾아서 비교하는 거죠."

"음……."

남상주는 잠시 고민하다가 고개를 끄덕거렸다. 확실히 가능한 방법처럼 보이기는 했다.

"어차피 이제는 시장에서 그걸 찾을 수 없으니까."

모든 물건들이 리콜되어서 나와 있는 것이 없다. 물론 리콜 후 보관하고 있다면 좋겠지만 애석하게도 전량 폐기한 상태.

"그때 샀던 물건이 있기를 기도하자고요."

"그렇지."

어쩌면 그게 기회가 될지도 모른다는 생각을 한 노형진은 부디 일이 잘되기를 기도하기 시작했다.

⚖

다음 날부터 주요 일간지에는 생각지도 못한 광고가 나왔다.

코리안 푸드 '고향의 봄'을 구입합니다. 개당 100달러에 구입합니다.

광고로 올라온 뉴스에 사람들은 고개를 갸웃하기는 했지만 설마 진짜로 구입할 거라 생각하는 사람은 없었다. 그러던 중 어떤 사람이 인터넷에 올린 글이 사람들의 관심을 끌기 시작했다.

―사다 놓고 까먹고 있던 고향의 봄 열 개 팔아서 1천 달러 벌었다. 다 사는 데에 50달러 들었는데 이게 몇 배냐?

그 말이 소문으로 돌기 무섭게 사방에서는 숨겨져 있던 물품이 튀어나오기 시작했다. 적게는 한 개, 많게는 열 개씩 사다 놓았던 사람들이 그걸 가지고 오기 시작한 것이다.

"근데 생각보다 적네요?"

그렇게 쌓이는 물품을 보면서 캐서린은 고개를 갸웃했다. 수천 개쯤 될 거라 생각했는데 아무리 봐도 고작 삼백 개 정도밖에 되지 않았기 때문이다.

"대부분 먹었거나 반품하거나 버렸을 겁니다."

리콜 명령이 떨어졌는데 그걸 가지고 있는 사람은 드물 것이다. 결과적으로 이삼백 개가 남은 것도 어떻게 보면 천운이라고 할 만큼 운이 좋은 셈이었다.

"그런데 이걸 가지고 어떻게 하려고 하는 건가? 이게 가짜라는 증거가 있을 것 같지는 않은데."

"일단 검사부터 해 봐야지요."

노형진은 잔뜩 쌓여 있는 식품들을 바라보았다.

"이걸 검사한 결과가 이번 승패를 가르는 가장 강력한 증거가 될 겁니다."

"……?"

노형진의 말에 다른 사람들은 고개를 갸웃했다.

"저만 믿으세요. 저한테 좋은 방법이 있으니까요."

"허, 이거 참."

FDA에서 나오는 피터슨은 검사하는 것을 보면서 어이가 없었다.

"그런 건 검사하고 보고하면 될 거 아니오?"

"우리는 소송 중입니다. 조작했다는 소리를 듣지 않으려면 제대로 해야지요."

노형진은 삼백 개의 검체에 대해서 모조리 대장균 검사를 시작했다. 그리고 그 자리에 미국 FDA의 전문가를 초청해서 동석시켰다.

"소송 중인 사람이 검사하는 데에 우리를 부른 건 또 처음이군."

그들은 검사의 결과를 다 알고 있었다. 저들이 저걸 모으는 것은 유명한 일이니까.

'뻔하지, 뭐.'

회수된 음식들을 검사했는데 거기서 대장균이 나오지 않았다는 식으로 변론할 것은 당연한 일.

'그런다고 우리 검사가 바뀌는 건 아니니까.'

게다가 상식적으로 법원도 자신들을 믿지, 소송 당사자이

자 이번 사건에서 지면 막대한 피해를 입는 기업을 믿을 리
없다.

'귀찮은 짓을 하는군.'

피터슨은 툴툴거리면서도 끊임없이 검사하는 것을 매의
눈으로 바라보았다. 귀찮은 것은 귀찮은 것이고 검사의 정당
성은 정당성이니까.

"그렇게 경계하지 않으셔도 됩니다. 우리는 조작할 의사
가 없습니다."

"그건 모를 일이지요."

피터슨을 비롯한 수많은 사람들은 닳고 닳은 사람들이었
다. 징벌적 배상 제도가 있는 미국에서 그건 까딱 잘못하면
기업이 날아갈 수도 있는 일이다 보니 기업 측에서는 별의별
방법을 다 동원하기 때문이다.

그렇게 상당한 시간이 지나고 드디어 결과가 나오자, 피터
슨조차도 당황할 수밖에 없었다.

"대장균 검출률이 70%?"

그렇게 수거한 고향의 봄의 대장균 검출률이 무려 70%.
그들이 검사한 것보다 10%나 높은 수치.

'이 녀석들이 미쳤나?'

적어져도 문제가 되는 판국에 더 높은 대장균 검출률인 것
이다.

"이건 공식적인 자료입니다. 이제 와서 보고하지 말라고

해도 소용없습니다."

혹시나 자료를 은폐할까 봐 피터슨이 못을 박았는데 그걸 들은 노형진은 마치 당연하다는 듯 고개를 끄덕거리다 못해서 미리 준비한 보고서까지 내밀었다.

"당연하지요."

"노 변호사!"

"노 변호사님!"

남상주와 캐서린은 깜짝 놀라서 뭐라고 말할 수가 없었다. 가뜩이나 불리한 상황이다. 그런데 이런 보고서가 들어간다면 이 싸움은 지는 것이나 마찬가지다. 노형진 역시 그걸 모르는 바가 아니었다.

"하지만 다른 검사가 끝나고 난 후에 해 주시면 감사하겠습니다."

"다른 검사가 끝나고 난 후에?"

"네, 지금 다른 검사를 하는 중이거든요."

"다른 검사를 하는 중이라고요? 우리는 그런 이야기를 못 들었는데요?"

"감시할 수 있는 성질의 검사가 아닙니다. 그리고 안전성과 보장성을 위해서 외부 업체 세 곳에 따로 맡겼으니까 속이는 게 아닙니다. 원하신다면 그쪽과 동일한 시료를 제공하도록 하지요."

"흠……."

패터슨은 노형진을 바라보았다. 아무래도 일을 하다 보면 수많은 변호사들을 만나기 마련이다. 그중에는 그를 회유하려고 하는 사람도 있었고 협박하거나 읍소하는 사람도 있었다. 하나 그는 눈도 깜짝하지 않았다. 기업보다는 국민이라는 신념 때문이다. 그런데 이 남자는 그러지 않았다. 그저 웃으면서 기다리라고만 할 뿐이었다.

'한국에서 왔다고?'

아무리 변호사의 경험이 많다고 해도 지금 같은 상황에서 이렇게 웃으면서 기다릴 수 있는 사람은 거의 없다고 봐도 무방하다. 그런데 그는 마치 당연하다는 듯 기다리라는 말만 할 뿐이었다. 돈을 주는 것도, 로비를 하는 것도 아니고 말이다.

"길게는 못 줍니다. 이주일 후에는 무조건 제출하겠습니다."

"걱정하지 마십시오. 그 안에는 모든 결과가 나오니까요."

일주일 뒤 노형진은 패터슨을 만나서 검사 결과를 제출했다. 그리고 그걸 받아 든 패터슨은 고개를 갸웃했다.

"이게 뭡니까?"

"이번 검사 결과입니다."

"검사 결과가 유전자 검사 결과예요?"

무슨 검사를 한다고 하기에 질병이나 세균 관련 검사일 거라 생각했는데 노형진이 제출한 검사 기록은 당황스럽게도 유전자 검사 결과였다.

"무슨 친자 소송이라고 한 겁니까? 그게 이번 사건과 무슨 차이가 있다고요?"

"차이가 있지요."

노형진은 검사 결과를 꺼내서 남상주와 캐서린 그리고 다른 변호사들에게 나눠 주었다.

"이 기록을 봐 주시기 바랍니다. 이건 고향의 봄 내부에서 검사한 재료들로 유전자 검사를 한 결과입니다."

"그래서요?"

고개를 갸웃하는 변호사들. 도대체 왜 먹을 것을 유전자 검사를 했는지 알 수가 없었다.

"이유는 간단합니다. 우리가 검사한 고향의 봄은 고향의 봄이 아닌 겁니다."

"뭐라고요?"

"무슨 소리입니까? 우리가 직접 구입해서 개봉하고 검사했는데!"

"그것에는 비밀이 있습니다."

노형진은 누군가 대룡과 고향의 봄을 음해할 목적으로 가짜 상품을 그 위에 가져다 놨다는 사실을 말했고 그 말을 들은 피터슨은 얼굴이 창백하게 변했다.

"음……."

안 그래도 미국은 테러에 쥐약인 나라다. 특히나 무차별적인 살인이 가끔 일어나서 머리가 아픈 상황이었다.

'만일 이게 독극물이었다면?'

아마도 수천 명이 원인도 모르고 죽는 최악의 사태가 벌어졌을 것이다. 그렇게 생각하자 등골이 오싹해지는 패터슨이었다.

"그러니까 성화라는 곳이 그런 짓을 했다는 겁니까?"

"의심입니다, 현시점에서는."

"증거는요? 증거가 있어야 그 말을 믿을 수 있지요."

"증거는 바로 이 유전자 검사 결과입니다."

"이 검사 결과지가?"

검사 결과지에는 그저 유전자적인 결론만 나와 있는 상태. 이게 어째서 증거가 되는지 다른 사람들은 이해할 수가 없었다.

노형진은 그런 그들을 위해서 간략하게 지금 상황을 설명했다.

"간단하게 말하지요. 이 세계의 사람들은 다 추구하는 맛이 다릅니다. 당연히 그곳에서 나는 농산물도 다 다르지요."

"그래서요?"

"이건 제대로 된 상품인 비빔밥에 있던 쌀에 대한 유전자 검사 결과입니다. 그리고 이건 대장균이 나온 비빔밥에서 나온 유전자 검사 결과구요."

"똑같은 풀에서 자란 게 아니니 다른 게 당연하지 않소?"

웰슨 로펌의 변호사는 고개를 갸웃했다. 같은 이삭에서 나오지 않는 이상 유전자가 다른 건 당연한 일.

그러나 노형진은 그걸 말하는 게 아니었다.

"그것도 아닌 정도지요. 그건 전혀 다른 품종의 유전적 코드입니다. 쌀 자체는 비슷해 보일지 모르지만 아예 품종도, 적응한 기후도 다릅니다. 인간으로 치면 똑같이 인간이지만 한 명은 백인이고 한 명은 흑인 정도의 수준인 거죠."

"응? 그게 무슨 소리요?"

"이 제품은 한국에서 대룡이 자체적으로 만들어서 공급합니다. 당연히 그 재료는 한국에서 만들어서 공급합니다. 그것이 대룡의 궁극적인 목표이기도 하고요. 그런데 여기에 사용된 쌀의 유전적 정보는 한국에서 자라는 쌀보다는 미국에 적응한 쌀의 유전적 정보와 같습니다."

"뭐라고? 이게 미국산 쌀이라고?"

"그렇습니다. 이건 미국산 쌀입니다. 전혀 다른 품종이죠?"

"한국에서 미국산 쌀을 수입하니 그곳에서 만들었을 수도 있지 않습니까?"

"쌀뿐만 아니라 모든 재료가 다 미국산입니다. 당근이나 기타 채소들도요."

"음……."

그럼 배보다 배꼽이 더 커진다. 원가를 낮춰서 해외에서 수입하는 걸 쓰려고 한다면 미국산보다 싼 중국산도 있다.

그런데 재료 한두 개도 아니고 모조리 미국산이라는 것은 말이 안 된다.

"더군다나 말입니다."

"도대체 어째서?"

"더군다나 외부적으로 우리 대룡에서는 대한민국의 신선한 재료만 사용하고 있다고 발표했습니다. 그 상황에서 미국산 재료를 구입해서 쓴다는 게 말이 된다고 생각합니까?"

"음……"

그들은 신음성을 흘렸다. 기업이 거짓말하는 건 한두 번이 아니라고 하지만 그것도 어느 정도 사업이 본궤도에 올랐을 때나 하는 짓이지, 아직 자리도 잡지 못한 상황에서 그런 거짓말을 하는 사람은 없다고 봐야 한다.

"그렇다면 누군가 진짜로 음해하기 위해서 가져다 둔 거란 말인가?"

속인 건 아니다. 그는 검사에 동행했고 유전자 검사는 그 특성상 동행하지는 못했지만 세 곳 모두 미국 내에서 유명한 믿을 만한 곳이다.

"도대체 무슨 일이 벌어지는 겁니까?"

"전에도 말씀드렸다시피 성화는 우리 대룡과 전쟁 중입니다."

노형진은 이번에는 좀 자세하게 상황을 말하기 시작했다. 성화가 대룡에 한 짓을 말이다. 회사를 집어삼키기 위해서 후계자를 죽이고 음모를 짰던 이야기가 나오자 패터슨은 기가 막힌 얼굴이 되었다.

"그런 기업이 운영된단 말입니까?"

"한국은 그렇습니다. 사람을 죽여도 돈만 많으면 다 됩니다."

사람을 죽이면 처벌받아야 한다. 하지만 돈만 많으면 기업
은 굴러간다. 물건이 안 팔린다? 그럼 세일 한번 하면 되는
것이다.

'대한민국은 스스로 호구가 된다니까.'

그런 식이니 어떤 기업이 반성하겠는가? 가까운 나라인
일본은 국민들을 속이던 기업의 만행이 발각되면서 결국 그
룹 자체가 해체되는 사태가 벌어질 정도로 지속적인 불매운
동을 한다. 하지만 한국은 아니다. 그냥 가격만 조금 깎아 준
다고 하면 기업에 면죄부를 준다.

"이해할 수가 없군요. 그 정도면 정부에서라도 나서야 하
는 거 아닙니까?"

"정부는 돈 있는 사람 편이거든요. 정확하게는 뇌물 주는
놈 편이지요."

그리고 뇌물을 기준으로 본다면 성화는 대룡과 비교할 수
없을 정도로 돈을 퍼 주는 곳이다. 당연히 국가의 입장에서
는 성화의 편을 들어 준다.

'그래서 성화가 버티는 거지.'

사실 성화가 이런 짓까지 하면서 버틸 수 있는 것은 나만
아니면 된다는 국민들의 냄비 근성과 뇌물만 준다면 어떤 죄

든 다 용서해 준다는 정부 관계자들의 정책 때문이다.

"패터슨 님, 이런 말을 믿을 필요는 없습니다. 증거가 없지 않습니까?"

그 순간 툭 튀어나오는 남자. 그는 걱정스러운 얼굴로 패터슨을 바라보고 있었다.

"이들이 하는 말은 모조리 다 이들의 주장일 뿐입니다. 진짜로 증거를 내밀지 않고 있습니다. 말로는 무슨 말인들 못합니까?"

"하긴 그렇기는 하지."

역시 패터슨. 성화의 행동이 나쁜 짓이긴 하지만 여기는 미국이라 성화든 대룡이든 상관없었기 때문에 중립적 자세를 취하고 있었다.

'호오?'

하지만 노형진은 거기서 지지 않고 그 남자에게 질문을 던졌다.

"저기, 한 가지만 묻죠. 당신은 누굽니까?"

"죠지입니다. FDA에서 일하고 있습니다."

당당하게 말하는 그였다. 하긴 미국에서 FDA에서 일한다고 하면 상당한 권력을 가지고 있는 사람이기 때문이다.

"그렇군요. 반갑습니다."

노형진은 그에게 악수를 청했고 그는 엉겁결에 악수했다.

물론 노형진은 그냥 친해지려고 악수를 청한 게 아니었다.

'이 새끼 봐라.'

그의 얼굴에서 보이는 불안감. 그건 그들이 법적으로 이길까 봐 그러는 불안감이 아니었다. 더 심적이고 중요한 이유가 있어 보였다.

'그렇단 말이지.'

그리고 생각해 보면 이런 사태는 한 가지 일이 벌어지지 않는 상황에서는 도무지 불가능한 사태가 되어 버린다.

'내 이럴 줄 알았지.'

악수하면서 그의 기억을 슬쩍 읽은 노형진은 그가 무슨 생각을 하는지 알아차리고 슬며시 미소를 떠올렸다.

"패터슨 님, 그런데 이번 사건의 이상한 점 아십니까?"

"이상한 점?"

"네."

"어떤 점이 이상하다는 거요?"

분명 대장균이 발견되었고 회수되었으며 또한 그걸 바탕으로 소송이 진행되었다. 딱히 이상한 점은 없었다.

"이상한 점은 바로 피해자가 없다는 겁니다."

"피해자가 없다?"

"네, 상식적으로 생각해 보십시오. 이 정도 오염된 음식이라면 누구든 먹고 병원에 갔어야 하고 보고가 올라가야 합니다. 그런데 아주 극히 일부 사람들만 발견되었고 제대로 보고가 올라간 것도 적습니다. 사실 그걸 가지고 FDA가 움직이기에는 근거가 부족하지요. 안 그렇습니까?"

"아!"

그제야 패터슨은 노형진이 말한 이상한 게 뭔지 알았다.

"확실히 그렇군……."

정식으로 이걸 먹고 탈이 났다고 보고가 들어온 사건은 없다. 그저 열 명 정도가 대장균으로 인한 질병이 발생했다는 보고가 CDC, 즉 미국 질병통제센터에 접수되었을 뿐이다. 딱히 이 고향의 봄이라는 레토르트식품을 의심할 만한 여지가 없다.

"그거야 그들이 공통적으로 이걸 먹었다는 보고가 들어왔으니까 그걸 가지고 조사한 거지요."

"그래서 그 보고를 한 사람은 누굽니까?"

"그걸 보고한 사람은…… 죠지?"

말을 하던 패터슨은 고개를 갸웃했다.

"이건 잘못하면 일이 커질 수도 있는 사건입니다. 질병을 미국에 뿌리는 행위니까요. 그런데 마치 FDA는 그 물건이 배치되었다는 걸 알았다는 듯이 기다렸다가 샘플을 구해 왔습니다. 그런데 그 물건을 구입하는 담당자가 누구였습니까?"

"죠지."

패터슨의 눈이 무섭게 빛나기 시작했다. 이번 사건을 수사하는 계기가 된 정보를 입수한 것도, 랜덤하게 검사하기 위한 재료를 사 오는 것도 모두 죠지의 책임이었던 것이다.

"그리고 제가 서류를 보다가 이상한 점을 발견했는데 말입니다. 엔젤가에서는 질병 발생이 없었습니다. 왜일까요? 우리의 실험에 따르면 열 개 중 일곱 개는 대장균 범벅이었습니다. 누군가는 아파야 했지요."

"어째서?"

"엔젤가에서는 어떤 사람이 한꺼번에 열 개를 몰아서 사 갔거든요. 인터넷에서 보셨죠?"

그렇다면 말이 된다. 그가 한꺼번에 위에 있는 것을 싹 사 가는 바람에 FDA가 와서 사 갈 때쯤에는 남은 게 별로 없었던 것이다.

"그리고 제 생각에는 엔젤가에서 사 온 시료에서는 대장균이 검출되지 않았을 것 같은데요?"

그 말에 패터슨은 다급하게 서류를 열고 사실을 확인하기 시작했다. 그리고 얼마 지나지 않아서 공통점을 발견했다. 사람들이 한꺼번에 많이 사 간 것으로 되어 있는 거리에서 나온 음식에서는 대장균이 나오지 않았던 것이다. 대장균이 나온 곳들은 사람들이 별로 안 사 간 곳들 위주였다.

"우연치고는 참 여러 가지 우연들이 계속됩니다."

"죠지!"

패터슨은 분노에 찬 표정으로 죠지를 노려보기 시작했다. 그러자 죠지는 주춤주춤 뒤로 물러났다.

"아니에요! 거짓말입니다! 거짓말이에요!"

그는 도망가고 싶었지만 뒤쪽에 있던 동료들이 수상한 낌새를 알아채고는 그의 퇴로를 막아 버리는 바람에 도망갈 길조차도 없어져 버렸다.

"증거가 없지 않습니까! 저건 다 저 한국 놈의 우기기일 뿐이라고요!"

"우기기라고요?"

노형진은 코웃음이 나왔다. 그리고 사전에 이야기를 들었던 남상주의 얼굴에도 역시 비웃음이 떠올랐다.

"우리가 그렇게 만만해 보이나 봅니다."

남상주는 준비한 서류를 패터슨에게 내밀었다.

"이건 뭡니까?"

"유전자 검사 결과입니다."

"유전자 검사 결과? 그건 아까 받았습니다만?"

"이건 비교 대상이 다릅니다. 이 유전자 검사 결과는 또 다른 곳에서 한 것입니다. 그리고 비교 대상은 성화에서 나온 고장의 봄이라는 상품입니다."

"뭐라고요?"

"어디서 많이 보던 그림 아닙니까?"

남상주는 그림으로 표시된 유전자지도를 꺼내서 대장균이 나온 상품에서 한 유전자 검사 결과와 겹쳐서 빛에 대고 비춰 보았다. 약간은 다르지만 아주 비슷한 형태의 그림들. 아까 전 한국의 유전자 검사는 누가 봐도 전혀 달랐는데 말이다.

이것이 법이다

"마치 형제처럼 보이는군요."

그 말에 죠지는 사색이 되었다. 하지만 패터슨은 경거망동하지 않았다.

"그건 고장의 봄이라는 상품이 우리 미국의 농산물을 썼다는 증거일 뿐입니다. 그리고 우리의 입장에서는 그게 더 유리하지요."

"압니다."

노형진은 마지막 쐐기를 박기 위해서 앞으로 나갔다.

"저건 성화가 미국산 농산물을 썼다는 증거일 뿐입니다. 확실히 그렇지요. 하지만 그것과 동일한 게 나온다면 어떨까요?"

"동일한 것?"

"그거 아십니까? 세균이라는 놈은 아주 독합니다. 어지간해서는 박멸되지 않지요."

"그건 알지요."

다른 곳도 아니고 FDA에서 일하는 패터슨이 그걸 모를 리 없다. 노형진은 그 말에 고개를 끄덕거리면서 다른 서류를 꺼내 들었다.

"아무리 조심해서 주입한다고 해도 오염되었다면 주변에 세균이 퍼지기 마련입니다. 그리고 그렇게 오염된 균은 어지간하면 죽지 않지요. 그러다 보니 아무리 위생을 철저하게 한다고 해도 결국 어느 정도 세균이 음식에 들어가는 것을 막지 못합니다."

"그래서 기준치라는 게 있지요."

마지막 장면을 기다리고 있던 캐서린이 기대에 찬 얼굴로 추임새를 넣자 그걸 본 패터슨은 자신이 모르는 뭔가가 있다는 사실을 알아차렸다.

"맞습니다, 기준치. 그 아래면 통과됩니다. 그런데 그 기준치라는 것은 그 안에 일정량 이하의 세균이 있다는 뜻이지, 아예 없다는 건 아니거든요."

"그래서요?"

노형진은 뭔가를 꺼내서 패터슨에게 건넸다. 그리고 다른 한 장을 더 꺼내서 건넸다.

"한 장은 우리가 조사한 대장균의 유전자 검사지입니다. 나머지 하나는 성화의 상품인 고장의 봄에서 나온 대장균을 유전자 검사 한 겁니다."

그 말에 재빨리 그걸 비춰 보는 패터슨. 사실 비교할 필요도 없었다. 그 위에는 '유전자 일치율 100%'라는 문구가 써져 있었기 때문이다.

"우연치고는 아주아주 대단한 우연 아닙니까? 한국에서 만들어서 들어와서 파는 물건인데 검사해 보니까 재료는 미국산에 미국에서 발견된 대장균과 유전자가 이렇게 완벽하게 일치한다는 게?"

세균의 번식 속도는 엄청나게 빠르다. 당연히 어지간하면 박멸하기 힘들다. 만일 성화에서 그들의 시설을 이용해서 가짜를 만들었다면 아주 극소량이나마 동일한 유전자를 가진 대장균이 살아남아 감염을 피할 수 없다.

"이런 미친!"

패터슨은 나지막하게 욕설을 내뱉었다. 이게 가진 파괴력을 안 것이다. 기업이 이득을 위해서 미국 국민을 대상으로 생화학 테러를 한 것이다. 그리고 그 이면에는 타락한 FDA 요원이 있었고 말이다.

"죠지, 이번 일에 대해서 설명을 좀 해 보실까?"

활활 타오르는 패터슨의 눈. 죠지는 물러나고 싶었지만 그럴 수가 없었다. 한때 동료였던 사람들이 그의 양옆에서 그의 팔을 잡았기 때문이다.

"꿀꺽……."

죠지가 할 수 있는 것은 그저 마른침을 삼키는 것뿐이었다. 노형진은 미소를 지으면서 외쳤다.

"빙고!"

내가 징벌해 줄게

"자네는 진짜 천재야! 어떻게 이런 생각을 한 건가?"

유민택은 몸소 미국까지 날아와서 노형진을 부둥켜안고 환호했다. 만일 졌다면 당장 징벌적 배상이 문제가 아니라 당분간 미국 시장 진출은 꿈도 꾸지 못할 일이었다.

"유전자라니. 저라면 꿈에도 생각 못 했을 겁니다."

심지어 남상주조차 어이가 없다는 듯 말했다. 하긴 보통 유전자 검사라고 하면 친자 소송에서나 쓰지, 다른 사건에 쓰는 경우는 드물다. 하물며 형사도 아닌 민사에 말이다.

"하하하, 잔머리의 승리죠."

유전자 검사 결과, 한국에서 생산한 제품이 아니라는 사실이 드러난 데다가 성화에서 만들었다는 사실이 드러나면서 당장 소송은 취하되었다.

"자네는 우리 대룡의 은인이야."

넓고 넓은 미국 시장에 제대로 진출할 수 있게 된 유민택의 얼굴에 엄청난 미소가 떠올랐다. 하긴 그럴 수밖에 없으리라. 누구도 이번 사건은 방법이 없다고 했기 때문이다. 심지어 웰슨 로펌조차 이번에는 협상하는 게 좋다고 할 정도로 암울한 상태였다.

"돌아가세. 가서 내 거하게 보답하겠네."

유민택은 당장으로 한국으로 돌아갈 생각인 듯했다. 하지만 노형진은 고개를 흔들면서 거절했다.

"아닙니다. 할 게 있습니다."

"아, 혹시 여기서 관광이라고 하고 싶은 겐가? 원하면 내 원하는 대로 있게 해 주겠네. 에스코트 서비스라도 붙여 줄까?"

"하하, 말씀만 받겠습니다."

에스코트 서비스란 함께 동행해 주는 여자를 보내 주겠다는 말이다. 하긴 사업을 하는 그가 그런 걸 모를 리 없다. 하지만 노형진은 그것 때문에 남아 있으려고 하는 게 아니었다.

"더 할 일이 있지 않습니까?"

"더 할 일?"

"네, 성화 문제를 해결해야지요."

"성화 문제를? 그건 한국에서 제소하면 되지 않나?"

그 말에 노형진은 피식 웃었다.

이것이 법이다

"그래 봤자 돈 몇억 받고 말겠지요."

상표권 위반은 걸어 봐야 도움이 안 될 테고 그들이 한 행위는 기껏해야 업무 방해 정도다. 잘해 봐야 2억 정도 손해배상해 주면 땡 치는 일.

"미국에서 해야지요."

"미국에서?"

"미국에서 벌어진 일이고 놈들의 공장도 미국에 있습니다. 보통 주소지에서 하는 경우가 많습니다만 원래대로라면 사건이 벌어진 곳에서 하는 것도 가능합니다."

"하지만 힘들게 여기서 할 필요까지야……."

"여기서 해야 하는 이유가 있습니다."

"이유?"

"네, 미국은 징벌적 손해배상이 있거든요. 그리고 이번에는 무척이나 유리한 상황이지요."

"아!"

그제야 유민택은 노형진이 굳이 미국에서 재판하려고 하는 이유를 알았다. 그들이 당할 뻔한 징벌적 손해배상. 그걸로 성화에 타격을 주겠다는 것이다.

"징벌적 손해배상은 단순히 국가에 대해서만 해당되는 게 아닙니다. 민간적 부분에서도 해당됩니다. 특히 악의를 가지고 행했을 때는 무척이나 가능성이 높지요."

"이런…… 내가 왜 그 생각을 못했을까."

확실히 징벌적 손해배상은 지금의 성화에 엄청난 타격을
줄 수 있는 방법이다.

"그러니까 변호사가 있는 거 아니겠습니까?"

노형진은 미소를 지었고, 그렇게 새로운 재판을 준비하게
되었다.

"이게 뭡니까!"

얼마 후 성화는 난리가 났다. 난데없이 닥쳐온 소송 때문
이었다.

"도대체 일 처리를 어떻게 하는 겁니까!"

성화의 미국 시장을 담당하고 있는 이도균은 이를 빠득빠
득 갈고 있었다.

"죄송합니다. 저쪽에서 그렇게까지 나올 줄은……."

이 작전을 맨 처음 입안했을 때 모두들 좋은 생각이라고
인정했다. 이제 막 성장하는 시장을 아무런 위험부담 없이
집어삼킬 수 있다고 생각했기 때문이다. 때마침 한국 음식이
웰빙이라는 소문이 났고 대한민국 정부에서 고급화 전략으
로 밀고 있던 덕분에 비싸고 좋은 음식이라는 소문이 났기에
그걸 노린 것이다.

"젠장…… 유전자라니. 망할. 도대체 그런 걸 누가 생각이

나 하겠냐고."

그냥 먹고 치우는 음식이다. 먹고 나면 그냥 똥으로 나오는 그런 음식 말이다. 그런데 그걸 유전자 검사를 할 거라고 누가 생각이나 했겠는가.

"그게, 노형진이라고……."

"노형진?"

그 말에 움찔하는 이도균. 그럴 수밖에 없는 게 한국에서 미국으로 오기 전 성화에게 가장 많은 타격을 준 사람을 꼽으라면 누가 뭐라고 해도 노형진이라는 것을 많이 들었기 때문이다.

"그 새끼가 여기서 왜 튀어나와? 여기는 미국이라고! 미국! 한국이 아니라!"

"정보원의 말에 따르면 유민택이 직접 노형진을 보내서 사건을 해결하도록 했답니다."

"이런 미친."

노형진은 그저 변호사일 뿐이다. 사람을 이용하고 버리는 게 기본 전략인 성화는 도무지 한 사람에게 믿음을 준다는 걸 믿을 수가 없었다.

"그 새끼가 어째서……."

지금까지 노형진과 직접적으로 부딪친 적이 없었던 이도균은 왠지 등골이 오싹해졌다.

'이놈, 보통 놈이 아니군.'

선배 임원들이 그 녀석에게 줄줄이 당해서 쫓겨날 때 왜 그런지 솔직히 이해하지 못했다. 하지만 당하고 나니 무서울 정도였다. 유전자라는 누구나 다 알지만 신경도 안 쓰는 것으로 뒤집어 버리는 게 가능할 거라고는 생각도 못했던 것이다.

"그래서 대룡에서는 뭐라고 해?"

"이건 조정도, 협상도 없답니다. 끝까지 가겠다고."

"끄응, 징벌적 배상을 피할 수 있을 가능성은?"

"카미토 로펌의 말로는 10% 미만이라고……."

"뭐? 10%? 실질적으로 못 피한다는 소리잖아!"

카미토 로펌은 일본계 로펌으로 일본에서 들어오는 엄청난 자금을 기반으로 상당한 영향력을 가지고 있다. 솔직히 카미토 로펌 정도면 어지간한 재판은 통제할 수 있다.

"어째서? 우리가 뿌린 돈이 얼만데?"

"아무래도 사건이 사건이다 보니……. FDA는 이번 사건을 테러에 준해서 보고 있는 듯하다고……."

"테러?"

"네."

"무슨 말도 안 되는 소리야? 이건 테러가 아니야! 그냥 단순히 대룡을 골탕 먹이려고 장난을 친 것뿐이라고."

그 말에 직원은 기가 막혔다.

'이게 테러가 아니라고? 진짜 상관이지만 너무하네.'

이건 골탕 먹이려고 장난을 친 정도가 아니다. 그 때문에 대룡푸드는 미국 시장에서 퇴출될 뻔했고 수천억에 달하는 손해를 입을 뻔했다. 더군다나 그들은 미국 본토에 대장균이라고 하지만 실질적으로 세균을 뿌렸다. 치명적이지 않다고 하지만 미국의 입장에서는 명백하게 테러가 맞다. 만일 그 세균이 페스트균이나 탄저균이었다면 미국은 엄청난 혼란에 빠졌을 테니까.

"당장 카미토 로펌 사람더러 들어오라고 해!"

"하지만 그런다고 해결될 것 같지는……."

"닥치고 시킨 대로 해!"

"끄응…… 네."

비서관은 결국 찍소리 못하고 바깥으로 나왔다. 그러자 밖에서 그를 기다리고 있던 다른 비서들과 동료들이 그에게 다가왔다.

"뭐래?"

"다들 예상하지 않았습니까?"

"그렇군."

성화는 군납 기업에서 시작한 기업이다 보니 아무래도 군대 문화가 진하게 배어 있다. 그러다 보니 아래쪽에서 무슨 말을 하더라도, 설사 그게 바른말이라고 하더라도 듣지 않는다. 오로지 상명하복을 요구할 뿐이다.

"진짜로 그만둘 거냐?"

"여기 있다가는 그냥 못 넘어갈걸요."

비서관의 눈빛이 차갑게 빛나기 시작했다. 그리고 동료들 역시 고개를 끄덕거렸다.

"그렇겠지. 이번 사건이 생각보다 커졌으니까."

사실 그들은 보고하면서 몇 가지 사실을 누락시켰다. 이 사건에 끼어든 것은 FDA뿐만이 아니다. 세균이 동원된 일이었기 때문에 CDC도 끼어든 데다 테러로 의심되고 있어 FBI와 CIA까지 나서는 상황이었다.

"우리 말을 들어 처먹지 않더라니."

얼굴을 찌푸리는 한 남자.

"언젠가 한국에서 오는 낙하산들이 크게 한번 사고를 칠 거라 생각했습니다만…… 이번에는 엄청나게 크게 쳤네요."

성화의 미국 지사는 전통적으로 한국에서 대표를 보내 운영해 왔다. 그건 당연하다면 당연한 것이다. 문제는 그들은 한국에서 승승장구하면서 올라온 사람이라는 것. 즉, 성화의 내부 문화인 상명하복에 익숙하며 그걸 요구하는 사람이었다는 것이다.

"젠장…… 처벌을 줄일 수 있겠지?"

"그럴 겁니다."

이번에 온 이도균도 그랬다. 아니, 다른 사람보다 더했다. 그는 철저하게 상명하복을 요구했고 아래쪽에서 하는 말은 들어먹질 않았다. 사실 이 작전을 그가 입안했을 때 수많은 사람들이 재고하라고 난리를 쳤지만 그는 오로지 미래의 실적만 생각했다. 이게 성공하면 그는 미국 내 코리안 푸드 시장을 석권할 수 있다면서 말이다. 그렇게 된다면 사장단에 끼는 것도 꿈은 아니었기 때문에 그는 무조건 진행시킨 것이다.

"FDA는 뭐라고 해요?"

"증거를 가지고 온다면 최소 형량으로 맞춰 준단다."

이번에는 도무지 피할 수가 없는 상황. 그렇다면 이들이 할 수 있는 것은 하나밖에 없다. 바로 배신이다. 미국인인 이들은 한국인처럼 침몰하는 배에서 함께 죽고 싶은 생각이 없었다.

"자료들 챙겨. 가서 형량 협상을 하자."

그리고 그들은 대대적으로 이탈하기 시작했다.

⚖️

쾅!

이도균은 이를 바득바득 갈았다. 그의 사무실에 멀쩡한 것이 하나도 없을 지경이었다.

"이런 씨팔! 이래서 코쟁이들은 안 되는 거야! 내가 혼자 잘 살자고 이런 거야? 다 같이 잘 살자고 그런 거 아냐!"

다음 날 부하들이 죄다 출근하지 않아 이상하게 생각하는 찰나, 카미토 로펌에서 급하게 연락이 왔다. 부하들이 증거가 될 수 있는 모든 서류들을 가지고 FDA와 형량 협상을 시작했다는 것이다. 부랴부랴 사람들을 보내서 끌고 오려고 했지만 이미 그들은 어디론가 사라진 상태였다.

"이런 씨파알!"

당장 세균 문제뿐만 아니라 탈세부터 여러 가지 비밀 장부와 밀수까지 모든 걸 들고 가 버리는 바람에 성화의 미국 지사가 왕창 날아가게 생겼다.

"이런 씨팔…… 씨팔……."

그는 끊임없이 욕하면서 계약서를 꺼내 들었다.

"씨팔, 씨팔……."

원래 임원은 고용직이 아닌 계약직이다. 즉, 언제든 자를 수 있다는 뜻이다. 그리고 계약서에는 이렇게 써 있었다.

　　　수익만 낼 수 있다면 어떤 방법이든 묵인한다.

즉, 돈만 벌어 준다면 이도균이 무슨 방법을 쓰든 모른 척해 준다는 것이었다. 문제는 그 아래였다.

　　　만일 문제가 생기는 경우 성화는 책임지지 않는다.

만일 어떤 방법을 써서 성공한다면 좋지만 해 주겠지만 만일 문제가 생긴다면 버리겠다는 뜻.

"씨파알!"

이도균은 이를 바득바득 갈았다.

"내가 여기에 어떻게 왔는데……. 여기에 어떻게 올라왔는데! 씨팔 씨팔!"

미국 지사의 사장이 되기 위해서 온갖 추잡한 짓을 다 했다. 로비도 했고 뇌물도 줬고 필요한 경우는 성 접대도 마다하지 않았다. 그런데 단 한 명, 노형진 때문에 그 모든 게 날아가게 된 것이다.

"이런 개새끼!"

분노에 눈이 먼 이도균은 이성을 잃기 시작했다.

"그래, 그 녀석만 없앤다면 방법이 생길지도 몰라."

결국 그는 노형진을 없애면 새로운 방법이 생길지도 모른다는 허황된 생각까지 하기 시작했다. 물론 이미 모든 자료가 넘어간 상태여서 의미가 없지만 말이다.

"흐흐흐, 그래. 노형진, 넌 사람 잘못 만난 거야. 네놈이 얼마나 잘났는지 모르겠지만 여기는 한국이 아닌 미국이라고."

그는 음침하게 웃으면서 전화를 들었다.

⚖

"기분이 묘하군."

노형진은 바깥으로 나오면서 사람들의 시선을 느끼고는 작게 중얼거렸다.

"뭐라고?"

"아닙니다. 그냥 사람들이 많아 보여서요."

노형진은 애써 둘러대면서 주변을 둘러보았다.

'간판대에 두 명, 차에 세 명, 골목 코너에 네 명이라…….'

미국과 한국이 다른 것. 그건 바로 총기 자유 국가라는 것
이다. 그러다 보니 범죄를 저지르는 사람도 많다.

'여럿이라……. 그럼 킬러를 보낸 건 아니군.'

미국에서 사람을 죽이는 방법은 두 가지가 있다.

첫 번째는 킬러를 보내는 것. 안전하기는 하지만 정보 라
인이 없으면 구하는 게 쉽지 않고 만일 잡히면 그의 존재가
드러날 가능성이 높다.

두 번째는 현상금을 거는 것. 총기 자유 국가이기 때문에
어디서든 쉽게 총을 구할 수 있어서 현상금이 걸리면 어디서
총알이 날아올지 모르게 된다.

"운전기사, 방향을 바꿉시다. 이 근처의 총기상으로 갑시다."

"네? 하지만 아까 법원으로 가신다고?"

"그건 급한 게 아니니 총기상으로 갑시다."

"총기 구입은 쉬운 게 아닌데요?"

물론 여행 중인 사람도 총기를 구입할 수는 있다. 하지만
노형진은 총기를 구입하려고 하는 게 아니었다.

"일단 갑시다."

"네? 아, 네, 네."

택시 운전기사는 방향을 바꿨고 남상주는 고개를 갸웃했다.

"무슨 일인가? 총기상이라니?"

"아무래도 불편한 꼬리가 붙은 것 같습니다."

"불편한 꼬리?"

"현상금이 붙은 것 같네요."

"현상금이라니? 우리가 범죄자도 아닌데 왜 현상금이 붙어?"

이해하지 못한 남상주는 고개를 갸웃했다. 하긴 한국에서 이런 일은 흔한 일이 아니니까.

"현상금이 붙는다는 건 단순히 경찰에서 우리를 잡으려고 한다는 뜻이 아닙니다. 갱단에서도 우리한테 현상금을 붙입니다. 그럼 온갖 어중이떠중이들이 우리를 죽으려고 들죠."

"뭐야? 그럼 설마 갱단에서 현상금을 붙였다고?"

"네."

그 말에 남상주는 사색이 되었다. 설마 갱단에서 현상금을 붙일 거라고는 생각도 못했기 때문이다. 물론 노형진은 한두 번 당한 일이 아니었다. 미국에서 좀 예민한 문제를 재판하다 보면 현상금이 붙는 것은 일상이고 어떤 경우에는 킬러가 오기도 하니까 말이다.

"그렇게 큰일은 아닙니다. 보아하니 그렇게 많은 돈은 아닌 것 같더군요."

"뭐? 그걸 어떻게 알아?"

"질을 보면 압니다."

현상금이 걸리는 경우는 간단하다. 전문 킬러를 고용하기에는 돈이 없는데 죽이고 싶어서다. 그러다 보니 아무래도 죽이려고 달려드는 놈들도 대부분 실력이 없는 그저 그런 놈들이 대부분이다. 그런 놈들의 대부분은 결국 마약중독자들이고 말이다.

"도대체 왜? 우리가 무슨 짓을 했다고?"

"성화를 날려 버렸잖습니까?"

"성화를 날리다니?"

"만일 여기서 우리가 이기면 성화가 미국에 자리 잡는 게 쉬울까요?"

"아!"

솔직히 성화는 미국에 상당히 많이 진출한 상황이다. 이 상황에서 성화가 테러 지원 기업으로 찍혀 버리면 모든 일에 불이익을 당해 철수할 수밖에 없게 된다.

"그리고 성화가 순순히 돈을 주려고 할 리 없죠."

당연히 대룡에서는 성화가 미국에 이룩한 모든 것을 집어삼킬 수 있게 된다. 즉, 성화는 수년간 키운 미국 시장을 통째로 빼앗기는 셈이다.

"아무리 그래도 그렇지, 이런 미친……."

"미국은 그런 나라입니다. 천국처럼 보이지만 실제로는 지옥을 품고 있지요."

그러면서 노형진은 힐끗 뒤를 바라보았다. 다행히 따라오는 차는 없었다.

'그럼 걸린 것은 얼마 되지 않는다는 소리군.'

아무리 현상금이 걸렸다고 해도 다짜고짜 달려들어서 총질하는 놈은 없다. 그랬다가는 그들이 잡히기 때문이다. 그 덕분에 노형진은 다행히 시간을 벌 수 있었다.

"이걸 입으세요. 옷 안에 입는 방탄복입니다."

"이걸로 될까?"

"소총은 무리지만 어지간한 권총은 막습니다. 사실 소총까지 들고 올 정도면 여기 있는 어떤 걸 입어도 못 막습니다."

소총을 막기 위해서는 군사용 방탄복을 입어야 하는데 그러면 실생활이 불가능할 지경이 된다.

"근데 얼굴은?"

"안 맡기를 바라야지요."

"헐?"

"걱정하지 마세요. 전문가가 아니면 얼굴을 노리지는 못합니다."

얼굴은 사람 신체에 비해서 작고 또 움직임이 빠른 부위이다. 그러다 보니 이런 어중이떠중이들은 몸을 노리는 것이 보통이다.

'멍은 들고 좀 아프기는 하겠지만 죽는 것보다는야…….'

노형진이 고른 것은 옷 안에 입을 수 있는 방탄복으로 총을 맞으면 그걸 막아 준다. 하지만 얇기 때문에 충격을 100% 막지는 못해서 멍들고 타박상을 입는 걸 각오해야 한다.

"이제 어쩌지?"

남상주는 걱정스럽게 바깥으로 바라보았다.

"이 주변에는 없습니다."

"어째서?"

"튀거든요."

택시 운전기사는 센스가 있는 사람이었다. 그가 가난한 동네의 허름한 총기상 대신에 쇼핑몰 내부에 제대로 된 총기상으로 데려다준 덕분에 그렇게 눈에 띄는 킬러들은 들어오지 못하고 있었던 것이다.

"그리고 이런 쇼핑몰에서는 섣불리 총을 꺼내지 못합니다."

미국의 고질적인 문제인 총기 난사 사건 때문에 이런 곳에서 섣불리 총을 꺼내면 꺼냄과 동시에 사방에서 총알이 날아온다. 더군다나 이런 곳은 도주하기도 힘들다. 당연히 그들의 입장에서는 그다지 살인을 행할 만한 곳이 못된다.

"일단은 이곳에서 시간을 보내면서 경호 팀을 보내 달라고 하죠. 그게 안전하겠습니다."

노형진은 흘낏 바깥을 바라보면서 중얼거렸다.

"아무래도 성화 녀석들이 끝장을 보고 싶은 모양입니다."

⚖

"이게 무슨 일인가요?"

캐서린은 당황해서 뛰어나왔다. 난데없이 킬러가 붙었다고 경호 팀을 보내 달라는 노형진의 부탁을 받았기 때문이다.

"현상금이 걸린 것 같더군요. 한번 확인해 보세요."

그 말에 남자 중 한 명이 황급하게 어디론가 전화했고 노형진과 남상주는 경호원들의 경호를 받으면서 안으로 들어갔다.

"도대체 왜요?"

"그거야 캐서린 씨가 가장 잘 알고 있지 않습니까?"

"이건 한국 사건이잖아요?"

"한국 사건이라고 해서 여기서 살인하지 말라는 법은 없습니다."

"……."

캐서린도 미국 사람이다. 변호사이기 이전에 미국의 치안 상태를 알고 있기 때문에 현상금이 걸린다는 게 무슨 뜻인지 모르지 않았다.

"성화라는 곳인가요?"

"성화라……. 그런 것 같습니다만 스타일로 봐서는 성화의 짓이 아닙니다. 아마도 그 리더나 중간급의 누가 직접적으로 손쓰는 걸 좋아하는 타입인 모양입니다."

"직접적으로요?"

"네, 사업하는 사람들은 직접적으로 손쓰는 걸 별로 좋아하지 않습니다."

직접적으로 쓰지 않는 데에는 다 이유가 있다. 당장 성화와 대룡이 소송 중이고 그 소송에서 노형진이 도와주고 있다면 당연히 첫 번째 용의자는 성화가 된다.

"그런데 성화 말고는 이번 사건을 일으킬 사람이 없지요."

물론 과거에 그에게 불만을 가진 사람이 있을 수도 있다. 그러나 그건 어디까지나 한국에서의 일이다. 그런 사람이 미국까지 와서 현상금까지 건다는 건 말이 안 되는 소리다.

"확인되었습니다. 한국 갱단인 주미일진회에서 노형진 변호사님에게 2만 달러, 남상주 변호사님에게 1만 달러의 현상금을 걸었습니다."

그 말에 남상주의 얼굴이 새파랗게 질렸다. 진짜로 그들에게 현상금이 걸린 것이다.

"2만 달러와 1만 달러라. 생각보다 많은 건 아니군요."

노형진에게 붙은 것이 대략 2천만 원 그리고 남상주에게 붙은 것이 1천만 원.

"확실히 성화에서 건 것은 아닙니다."

"그걸 어떻게 알죠?"

"성화랑 싸워 봤지요. 그들은 킬러를 고용해서 죽일 거면 아예 전문가를 보냅니다. 고작 몇천만 원 아끼자고 현상금을 걸 리 없습니다."

전문 킬러는 고작 몇천으로 안 움직인다. 제대로 하려면 몇 억은 줘야 한다.

"그럼?"

"이런 경우는 대부분 개인이라는 뜻이지요."

"개인?"

"네."

물론 성화가 킬러를 보내지 말라는 법은 없다. 사실 성화
가 그동안 한 짓을 생각하면 킬러를 보낸다고 해도 이상할
게 하나 없기는 하다. 하지만 그들의 성향상 한다고 하면 전
문 킬러를 보낼 가능성이 높다.

"그럼 누가?"

"그건 모르죠."

현상금을 거는 것은 간단하다. 갱단에 돈을 맡기고 소문만
내면 땡인 것이다. 누가 했는지 정확하게 특정할 수는 없다.

"아마도 성화의 사장이지 싶은데요."

"성화의 사장?"

"끼리끼리 놀 테니까요."

"무슨 소리인가?"

"주미일진회라는 거, 왠지 이름이 익숙하지 않습니까?"

"익숙하다니, 그런 걸 알 리가…… 아!"

남상주는 그제야 주미일진회가 익숙하다는 느낌을 받은
이유를 알 것 같았다.

"일진은 한국에서 쓰는 말이잖나?"

"그렇지요."

한국에서 보통 학교에서 움직이는 깡패들을 일진이라고
한다. 그런데 난데없이 미국에서 일진회라니?

"근데 끼리끼리 뭉친다니 무슨 소리인가?"

"아마 성화 쪽 대표가 미국 유학생 출신일 겁니다."

미국 유학생 출신이라는 말에 고개를 갸웃하는 사람들. 몇
몇 사람들이 컴퓨터를 통해서 그의 약력을 알아보더니 깜짝
놀랐다. 진짜로 미국 유학생 출신이라는 정보가 있었기 때문
이다.

"어떻게 아신 겁니까?"

"주미일진회라는 이름에서 알았지요. 사실 그들은 갱단인
척하지만 갱단은 아니거든요. 표현하자면 준갱단?"

"준갱단?"

"네."

노형진은 주미일진회라는 조직에 대해서 기억하고 있었
다. 사람들은 잘 모르는 그들의 행태를 말이다.

"이곳에 학생들을 유학 보내는 부모들은 학생들이 열심히
공부하고 바르게 성장할 거라 생각하지만 그렇지 못한 게 현
실입니다."

대한민국의 학교에서도 소위 일진이라고 불리는 깡패들이
아이들의 선망의 대상이 되어 추앙받는다. 그리고 소위 일진
이라고 말하는 깝치는 애들의 행동은 너무나 뻔한 편이다.
가끔 부모들 중 그런 자식을 고쳐 보겠다고 미국으로 유학을

보내기도 한다. 그런데 그들이 미국에 온다고 바뀔까? 그럴 리 없다.

"문제는 그들은 유학생이라는 거죠."

아예 미국에 사는 녀석들이라면 한인 갱단에 들어가거나 하겠지만 그들은 유학생이다. 당연히 갱단에서도 받아 주질 않는다. 무슨 일이 터지면 튀어 버리면 그만이니까.

"그리고 그런 상황에서 질 안 좋은 녀석들이 모여서 만든 것이 바로 주미일진회입니다. 제가 준갱단이라고 하는 데에는 다 이유가 있어요."

하는 짓은 갱단이라고 하기에는 약간 부족하다. 실질적으로 돈을 빼앗거나 보호비라는 명목으로 가게에서 상납금을 받기까지는 하지만 진짜 갱단처럼 극단적으로 할 자신이 없기 때문에 항쟁하거나 누군가를 죽이러 쫓아다니지는 못한다.

"그럼?"

"그들은 돈이 많습니다. 미국에 부모님이 보내 줄 정도면 상당한 재력을 가지고 있는 사람들이 대부분이거든요."

그래서 만일 죽여야 하는 사람이 생기면 그들은 직접적으로 손쓰기보다는 현상금을 내건다.

"어차피 그런 건 한국으로 돌아가면 기록이 사라지니까요."

"이런 미친."

유학을 온다는 것은 잘해야 10대, 20대 학생이라는 소리다. 그런데 와서 하는 게 갱단이라니. 아니, 갱단 흉내를 내는 것이라니.

"그래도 나름 전통이 있으니까요. 어중이떠중이들이 현상금 걸어 봐야 보통은 안 움직입니다. 그걸 준다는 걸 아니까 움직이는 거죠."

"그건 그것대로 슬픈 일인데."

그렇다는 건 실제로 사람이 죽었고 그에 대한 보상이 지급되었다는 뜻이기 때문이다.

"그나저나 자네가 그걸 어떻게 아나?"

"오기 전에 공부를 좀 했습니다."

"공부로 알 만한 정보는 아닌데?"

"하하하."

사실은 회귀 전 미국에서 노형진은 그들과 싸운 적이 있었다. 한 여학생이 유학을 왔는데 그 여자가 마음에 든 그 당시 보스가 강간하려고 했던 것이다. 그 과정에서 여자가 신고했고 성범죄를 강하게 처벌하는 미국의 특성상 곧 수사에 들어갔다. 그리고 그들은 보복을 위해서 움직였다. 그리고 보복 대상 중에는 여자 측 변호사인 노형진도 있었다.

'멍청한 놈들이었지.'

다른 사람들은 그저 갱단이라는 이유로 무조건 피하고 모른 척했지만 노형진은 그들을 말 그대로 통째로 날려 버리는 것으로 보답했다. 주미일진회에는 치명적인 약점이 있었기 때문이다.

'그 방법이 지금도 먹힐지 모르겠군.'

어차피 이번 재판에는 그가 나설 일이 없다. 미국변호사 자격이 없기 때문이다. 그러니 웰슨 로펌에서 다 알아서 해야 한다.

'나야 뭐, 할 일이 없어졌으니.'

원래는 이런저런 조언이라도 해 볼까 하고 남았는데 웰슨 로펌도 실력이 있는 데다가 미국 정부에서도 이번 사태에 대해서 심각하게 받아들이고 있고 결과적으로 얼마 전 성화의 직원 중 일부가 그들이 가담했던 범죄 증거를 가지고 와서 형량 협상을 시작했기 때문에 이번 사건에서는 할 일이 없다고 봐도 무방했다.

"그냥 우리가 귀국하면 어떻게 되나?"

"당연히 없는 일이 되지요."

아무리 그들의 힘이 좋다고 해도 여기 미국에서만 통한다. 미국에서야 청부 살인이 흔한 일이지만 한국에서는 아직까지 보기 힘든 일이니까.

"그럼 당장 한국으로 돌아가세."

"그냥 가면 다음 대상은 웰슨 로펌이 될 겁니다."

"우리는 걱정하지 않으셔도 됩니다."

'하긴 웰슨 로펌이야 뭐.'

이런 경험이 한두 번도 아닐 테고 설사 저들이 웰슨을 노린다고 해도 그건 성공하기 힘들다. 어떤 나라에서든 마찬가지이지만 사법에 대한 도전, 그중에서도 협박은 무척이나 강하게 처벌하기 때문이다.

"이참에 그 녀석들을 날리고 가죠."

"날리고 가자니? 싸우자는 건가?"

"네."

"그럴 필요가 있나?"

"아무래도 서로 범죄로 연결되어 있다 보니 끈이 좀 강하거든요."

"그게 무슨 소리인가?"

"다시 말해서 성화 내부에 그 녀석들이 많을 거라는 뜻입니다."

"뭐라고?"

"좋게 말하면 협력이고, 나쁘게 말하면 작당이죠."

그들이 젊은 날의 일탈이라고 생각하는 행동들은 자연스럽게 시간 너머로 사라진다. 하지만 절대로 사라지지 않는 게 있다. 바로 이득과 이권이다.

이들도 그걸 지키기 위해 갱단에 소속되었던 자들의 범죄 증거를 보관하고 있다.

'그것이 날리는 게 효과적이었지.'

그걸 보관하는 이유는 간단하다. 당장 미국에서 공부한다고 해도 갱단 노릇이나 하던 놈들이 돌아가서 무슨 성공을 바라겠는가? 그러다 보니 그들은 자신들의 성공, 아니 생존을 담보할 뭔가를 원했는데 그것이 바로 약점이었다.

'생각해 보면 그때 그래서 성화가 흔들렸던 거야.'

누가 맨 처음 들어갔는지 모른다. 그 녀석들을 날려 버리고 난 후 성화그룹이 내부적으로 큰 진통을 겪었다는 것을 노형진은 기억하고 있었다.

'아마도 저 녀석이겠지.'

노형진은 이번에 미국에 온 이도균이 리더라는 생각이 들었다. 이도균이 미국에 왔을 때와 일진회가 생겼을 때가 비슷한 시점이고 옛날에 조직원이었다고 하지만 넙죽 청부를 받아들이는 것도 이상했기 때문이다.

'그리고 이도균이 여기서 성공했다면 내부적으로 그 녀석들을 이끌어 주는 것은 어려운 일은 아니었을 테니 말이야.'

이도균이 직접 만든 건 아니더라도 분명 큰 힘을 가지고 있는 것은 분명한 일.

"어차피 미래에 성화의 인재가 될 녀석들입니다. 그러니 이참에 날려 버리도록 하죠."

그렇게 노형진은 그들의 미래를 결정해 버렸다.

⚖

"증거요?"

"네."

노형진은 주미일진회의 사무실을 보면서 작은 목소리로 말하고 있었다.

　"저 안의 금고에 그동안 소속되어 있던 모든 범죄자들의 증거를 보관합니다."

　"의리란 없군요."

　"범죄자의 의리라⋯⋯. 그건 영화에서나 나오는 말이지요. 안 그렇습니까?"

　그 말에 이번에 함께 일하게 된 로버트는 고개를 끄덕거렸다.

　"그렇지요."

　미국에서는 한국과 다르게 탐정이라는 제도가 인정되기에 그런 사람들을 고용하는 것이 어려운 것도 아니다. 그래서 노형진은 대룡에 말해 그런 사람들을 고용하도록 했고 이번 일에 동원하기로 했다.

　"그런데 보통은 이렇게 대놓고 정보를 모으지는 않을 텐데요?"

　로버트는 고개를 갸웃했다. 상대방의 정보를 모으는 것은 기본이다. 어딜 가나 벌어지는 일이다. 그러나 그것도 보통은 몰래 모으지, 아예 조직 차원에서 대놓고 모으는 경우는 없다.

　"아무래도 다른 조직들과는 다르니까요."

　주미일진회는 다른 조직과 다르게 일정 기간이 지나면 한국으로 들어간다. 그리고 가진 놈들의 특성상 인맥과 여러 가지 방식을 써서 높은 자리에 올라가기 쉽다.

"그래서 대놓고 협박하는 겁니다, 우리를 배신하면 나쁜 일이 있을 거라는."

"그러면 보통은 가입하지 않을 텐데요?"

"그만큼 인맥이 강하니까요. 갱단이라기보다는 아주 질 나쁜 제타감마클럽이라고 보시면 됩니다."

"아아아!"

제타감마클럽은 미국 내 대학에 있는 일종의 친목 클럽이다. 문제는 그 제타감마클럽이라는 것이 아주 간혹 질이 좋지 못한 행위를 한다는 것. 자위하는 동영상을 찍어 두거나 소위 말하는 흑역사를 증거로 확보해 둔다. 좋게 말해서 친목이지, 실질적으로 약점을 만들어 두는 것이다. 그래야 나중에 사회에서 무기로 휘두를 수 있으니까.

"그럼 아주 안 좋군요."

문제는 그런 제타감마클럽에서 진짜로 미친 짓을 하는 경우도 있다는 것. 대표적인 예가 집단 강간이다. 미성년자에게 술을 먹여서 집단 강간하고 그걸 약점으로 잡으려고 동영상까지 찍었다가 발각되면서 대학들이 발칵 뒤집힌 사건이 있기까지 했다.

"그런 제타감마클럽은 일부지만 저 녀석들은 그런 목적을 위해서 뭉친 놈들인 거죠."

"대충 이해했습니다."

한국은 미국과 다르다. 한국은 돈과 권력만 있다면 얼마든지 풀려날 수 있기 때문에 그들은 거침없었다. 그리고 그 버릇을 미국에 와서도 못 버렸고 말이다.

'아, 많이 후회하게 될 거야.'

노형진은 피식 웃으면서 그쪽을 바라보았다. 어차피 이 사건은 경찰을 동원해도 해결되지 않는다. 아무리 경찰이라도 해도 명확한 증거 없이 그 안에 들어갈 수는 없으니까. 하지만 노형진은 회귀 전 그들의 사무실에서 증거들을 꺼내는 데에 성공해 저들의 약점을 잘 알고 있었다.

"그럼 시작할까요?"

"네."

노형진의 말에 로버트는 고개를 끄덕거렸다.

⚖️

위이잉.

주미일진회의 회장인 이승만은 시끄러운 소리에 얼굴을 찌푸렸다.

"도대체 저놈의 공사는 언제 끝나는 거야?"

"모르겠습니다."

"시끄러워서 살 수가 있나."

얼마 전 아래층에 새로운 사무실이 들어온다는 소식을 들었다. 문제는 리모델링한다고 한창 시끄럽다는 것.

"여기를 비울 수도 없고."

실제로 그런 이유 때문에 대부분 놀러 오지도 않았다. 더군다나 시기도 좋지 않았다. 날씨가 좋아지면서 신입생들도 많아지니 여기저기서 여자를 꼬시느라 정신없이 다니고 있었기 때문이다.

"에잉, 짜증 나."

주미일진회의 회장은 얼굴을 찌푸리고는 귀를 틀어막았다. 하지만 '드드드득.' 하는 공사 소리는 가실 줄을 몰랐다.

🜔

같은 시각, 노형진은 위쪽을 보면서 미소를 보이고 있었다.

"아마 지금쯤 많이 지쳤을 겁니다."

"진짜 천재시군요."

로버트는 혀를 내둘렀다. 아무래도 일하다 보면 이런저런 많은 일을 하기 마련이다. 그리고 이런 비밀 작전을 할 때 가장 많이 쓰는 것은 수면제를 쓰거나 외부에 혼란을 만들어서 그쪽으로 이목을 끄는 정도지, 설마 바로 아래층에서 시끄럽게 공사할 거라고는 생각도 못했다.

"결국 인간은 자야 하니까요."

저들은 학생이다. 물론 말이 유학생이지만 하여간 학생이

고 낮의 생활이 있다. 노형진은 그 점을 노렸다. 아래층에서
시끄럽게 공사하면 이곳을 지키는 사람은 잠을 자지 못한다.
그리고 그렇게 며칠이 계속되면 사람이 지치기 마련.

"오늘쯤 조용히 해 볼까요?"

그 말에 고개를 끄덕거리는 사람들.

잠시 후 공사 소리가 멈추고 고요함이 찾아왔다. 심지어
노형진은 조용한 노래까지 틀어 주면서 잠자기 좋은 상황을
만들어 줬다.

얼마나 지났을까?

"모두 잠들었습니다."

그 말에 노형진은 씩 웃었다.

'예상대로군.'

물론 정상적인 갱단이었다면 서로 돌아가면서 지켰을 것
이다. 그러나 정상적인 갱단이 아니다 보니 아무도 시끄러운
공사 현장에 오려고 하지 않았고 그나마 오는 녀석들은 어쩔
수 없이 잠을 자지 못한 채로 며칠을 버텨야 했다. 그러던 차
에 조용해졌으니 잠이 오지 않을 리가 없다.

"이제 시작하지요."

그 말에 고개를 끄덕거리는 로버트.

"이제 시작하지."

"네."

몇몇 사람들이 공사 장비를 한쪽으로 옮겨 놓고 천장에 매

달려 꿈지럭거리더니 조용히 그라인더로 천장을 가르기 시작했다.

"위이이잉!

낮은 그라인더의 소음. 하지만 잠든 일진회는 그 소리를 인식하지 못했다.

"이 자리가 확실합니까?"

"확실합니다."

여기서 공사한 것이 단순히 잠들지 못하게 하려는 것만은 아니었다. 노형진은 이들이 그런 비밀 증거를 가지고 있는 위치를 알고 있었고 지난 며칠간 공사를 가장해서 그 아래쪽을 살살 긁어냈다. 저들에게는 바닥이지만 이쪽에는 천장이기 때문이다.

빠지직.

"조심해."

뭔가 갈라지는 소리에 사람들은 순간 침묵을 지켰다.

"조심해서 장비 배치해."

잠시 후 사람들이 받침대를 가지고 와서 올렸고 그 후에야 조금씩 다시 천장을 긁어내기 시작했다.

그렇게 한참이 지나고.

"쉬잇!"

맨 위에서 작업하던 사람들에게 조용히 하라고 시키자 그들은 침묵 속에서 마무리를 지었다.

"살살 내려."

로버트는 조용히 말했고 잠시 후 설치된 장비가 하강하면서 바닥과 함께 그 위에 있던 금고가 천천히 내려오기 시작했다.

"크군요."

"한두 해 동안 쌓인 게 아니니까요."

족히 400킬로그램은 되어 보이는 거대한 강철 금고.

그걸 본 사람들은 혀를 내둘렀다.

"녀석들은요?"

"죽은 듯이 자고 있습니다."

"후후후."

그들은 정신없이 자고 있었다. 내일 아침에 일어나면 무슨 일이 벌어졌는지 알고 깜짝 놀랄 것이다.

"그나저나 이거 문제군요. 이걸 가지고 갈 방법은 없겠는데요?"

아무리 봐도 그건 불가능해 보였다. 못해도 400킬로그램은 되어 보이는 거대한 강철 금고다. 이걸 옮기려면 장비를 동원해야 하는데 그러면 저들이 깰 수밖에 없다.

"금고가 아닌 금고 안에 있는 게 필요한 것이니 걱정하지 마세요."

"하지만 이걸 열 방법이 없습니다. 상당히 복잡한데요, 12 배열이라니."

무려 열두 개 숫자의 배열로 이루어진 비밀 금고 문이다. 이걸 열려면 전문가가 몇 시간을 고생해야 할 듯했다.

"그거야 번호를 모를 때의 이야기죠."

노형진은 금고로 다가와서 천천히 번호를 눌렀다.

'그 번호 그대로면 좋겠는데.'

그 당시 갖은 고생을 하면서 얻었던 번호다. 얼마나 고생했는지 지금도 기억날 정도로 말이다.

그렇게 하나씩 조심스럽게 번호를 눌렀다. 그러나 역시나 문은 열리지 않았다.

"끄응…… 역시 전문가를 불러야 하나."

"아닙니다. 제가 번호를 알아요."

확실히 몇 년 후와 같은 번호를 쓰는 것은 아닌 모양이었다.

'그렇다고 방법이 없는 건 아니지.'

노형진은 마치 그 안에서 돌아가는 소리를 읽는 것처럼 귀를 바짝 대고 천천히 번호를 돌리기 시작했다. 물론 진짜 들릴 리 없다.

'오호라.'

노형진은 자연스럽게 기억 속에 있는 번호를 찾기 시작했고 얼마 지나지 않아서 그 번호를 여는 데에 성공했다.

'기억을 읽을 수 있다는 게 이럴 때는 편하네. 이건 일도 아니지.'

'철컥' 하는 소리와 함께 열리는 문. 노형진은 그 문을 천천히 당겼고 그 안에서 엄청난 증거 더미를 찾을 수 있었다.

"와우."

"끝내주는군요."

서류뿐만 아니라 동영상 그리고 녹음 파일까지, 모든 증거가 그곳에 다 모여 있었던 것이다.

"역시 병신 삽질은 끝없다니까."

상식적으로 이런 범죄 증거를 모으는 놈들은 없다. 하지만 저 녀석들은 이걸 미래에 소위 말하는 안전장치랍시고 모아둔 것이고 이들의 인맥을 이용하기 위해서 유학을 온 녀석들은 알면서도 가입해서 범죄에 가담한 것이다.

"이거 심각하군요."

갈취나 협박은 일도 아니다. 청부 살인의 녹음 파일과 미성년자 강간 사진까지 있었다.

로버트는 그걸 보다가 얼굴을 찌푸렸다.

"이거…… 예상했습니까?"

"네."

"으음……."

그 안에서 나온 사진은 미성년자, 그것도 잘해 봐야 열두 살로 보이는 여자아이의 사진이었다. 문제는 그 아이가 2년 전 실종된 아이라는 것. 그 당시 방송에서 난리가 났기 때문에 모두들 그 아이를 기억하고 있었던 것이다.

"더러운 새끼들."

"모두 챙기세요. 이거 복사해서 FBI로 갑시다. 주요 언론지에도 한꺼번에 뿌릴 겁니다."

"하지만 이거 일이 커지지 않을까요? 정치적인 문제가 될 겁니다."

대한민국에서 좀 잘산다는 사람들의 아이들이라면 이만저만 큰일이 아닐 것이다.

"내 알 바 아니죠."

노형진은 단호하게 말했다.

'인간은 같은 실수를 반복한다고 하지만 난 반복할 생각은 없어.'

그가 회귀 전 이 증거를 제출했을 때 지역 경찰은 막대한 로비를 받고 사건을 무마했다. 결과적으로 일부만 빼고 제대로 처벌받은 것은 없었다. 실질적으로 한국에 있는 사람들을 데리고 올 수 없다는 이유에서였다.

'하지만 미국에는 범죄인인도 조약이 있거든.'

그들이 그렇지 못한 이유는 다름 아닌 그 자식들과 출신 유학생들의 신분 때문이었다. 정치인이나 정관계 인물의 자식은 기본이고 심지어 현직 국회의원이나 장관까지 연관되는 바람에 정부에서 막대한 로비를 해 가면서 어떻게든 막으려고 했기 때문이다.

'이번에는 그렇게 안 된다.'

그리고 그 때문에 대한민국은 막대한 손해를 보면서 미국에 양보해야 했고 그 고통은 국민들이 감당할 수밖에 없었다. 그때는 세상을 모를 때라 경찰을 믿었던 것이다.

"일단 이슈화시켜서 손대지 못하게 한 후에 이걸 뿌릴 겁니다."

그 말에 로버트는 씁쓸한 얼굴이 되었다.

"이 정도면 이슈화되지 않을 수 없을 것 같은데요?"

로버트가 증거들을 보면서 중얼거리자 노형진은 씩 웃었다.

"이슈화되는 것과 빡치게 만드는 건 전혀 다르거든요. 후후후."

⚖️

"뭐야? 이거 나한테 온 거야?"

뉴욕데이즈의 게릭은 자신 앞으로 온 택배를 보면서 고개를 갸웃했다.

"이게 뭔데?"

"몰라요. 아까 퀵맨이 가지고 오던데요?"

"퀵맨이?"

퀵맨은 자전거를 타고 다니면서 빠르게 배달하는 사람들. 익명으로 뭔가를 보내는 제보자들이 많이 쓰는 방식이기 때문에 그의 눈에는 기대감이 차올랐다.

"이거 기대되는걸?"

작은 상자를 열자 그 안에서 나오는 것은 몇 장의 사진이
었다. 그리고 그 사진을 본 게릭은 자신도 모르게 부들부들
떨었다.

"엘리자베스."

7년 전 그가 신참일 때 담당했던 사건이었다. 엘리자베스
라는 일곱 살짜리 꼬마의 실종. 그 아이의 시신은 결국 찾지
못했다. 그 당시 고통스러워하는 가족들을 보면서 얼마나 힘
들었던가.

"이…… 이 사진이 어떻게?"

문제는 그 사진에 나타난 엘리자베스의 모습이었다. 그가
본 엘리자베스의 사진은 대부분 즐겁고 행복한 사진이었다.
부모의 사랑을 듬뿍 받으면서 자라서 그럴 수밖에 없었다.
그런데 사진 속의 그녀는 공포와 두려움이 가득한 모습이었
다. 그가 보지 못한, 존재할 수 없는 사진.

"설마……."

'설마.' 하는 생각을 하면서 함께 들어 있는 CD를 재생시
켰다. 그리고 그걸 본 지 얼마 지나지 않아서 그대로 발아래
에 있던 쓰레기통을 붙잡고 토악질을 시작했다.

"우웨에엑!"

게릭이 갑자기 그러자 주변에 있던 기자들은 무슨 일인가
하고 달려왔다.

"게릭, 왜 그래?"

"점심이 이상했던 거야?"

그렇게 몰려들었던 사람들은 모니터에 나오는 동영상을 보고는 그대로 얼어붙었다.

"오 마이 갓……."

게릭은 토악질을 멈추고 동영상을 정지시켰다. 차마 더 볼 수가 없었던 것이다.

"게릭, 이게?"

"방금…… 온 거야. 퀵맨이 가지고 왔대."

"뭐?"

그렇다면 누가 보냈는지 알 수는 없을 가능성이 높다. 대부분 이런 경우 현장에 가면 돈과 함께 물건만 있는 경우가 대부분이기 때문이다.

"저 아이…… 게릭 자네가 담당했던 그 사건 아닌가?"

그중 동기는 사진만 보고도 그 아이가 누군지 알 수 있었다. 그 당시 게릭이 얼마나 힘들어 했는지 알기 때문이다.

"응."

게릭은 휴지로 입을 닦으면서 상자의 아래쪽을 뒤졌다. 거기에는 세 명의 남자의 사진이 들어 있었다. 인터넷 홈페이지에서 퍼 온 것으로 보이는 사진. 거기에는 대한민국 경찰서장이라는 직함이 찍혀 있었다.

"이 개새끼들……."

게릭의 눈에서 불이 나기 시작했다. 그리고 그 와중에도

이것이법이다

그런 우편물 수십 개가 각 언론사로 날아가고 있었다.

⚖

"강간범을 내놔!"

"도둑놈들을 내놔!"

"한국은 꺼져라."

주미한국 대사관은 성난 군중에게 둘러싸여 있었다. 언론에서 나온 소식들은 미국 국민들을 패닉에 빠지게 만들었고 말 그대로 분노하게 했다.

"좋은 생각이었습니다."

로버트는 그런 성난 군중을 보면서 노형진의 계략에 혀를 내둘렀다.

"어떻게 그런 생각을 했습니까?"

"아무리 아니라고 해도 결국 인간도 감정의 동물이니까요."

노형진은 증거 중에서 아동에 관련된 범죄만을 주로 골라냈다. 미국 사람들의 아동 범죄에 대한 증오는 병적이라는 사실을 알고 있었기 때문이다. 그리고 그 사건을 직접 담당한 사람일수록 더 분노한다는 것도 말이다. 피해자 옆에서 그걸 보고 느꼈으니까. 당연히 극단적인 분노를 글에다가 표현했고 그것을 본 미국인들은 분노할 수밖에 없었다.

"그리고 오늘이 피크죠."

노형진은 그러면서 대사관을 바라보았다. 대한민국에 도망간 사람들이 있으니 화내는 것도 당연하지만 미국인들이 대사관에 와서 분노하는 것은 다른 이유가 있었다.

"대사관까지 올 줄은 몰랐습니다."

"말씀드렸잖습니까, 대한민국의 이런 비리의 커넥션은 엄청나게 강하다고?"

황당하게도 그 아동 성범죄자 중 한 명이 주미한국 대사관의 직원으로 와 있었던 것이다. 당연히 사람들은 분노해서 몰려왔다.

"그리고 마지막 장면을 기대하고 있지요."

노형진은 대사관을 바라보고 있었다. 잠시 후 경찰 두 명이 다가와서 대사관의 입구로 다가갔고 사람들은 그걸 보면서 침을 꿀꺽 삼켰다. 경찰관은 경비원과 몇 마디 이야기하더니 바로 몸을 돌려서 그곳에서 물러났다.

"어?"

"왜 물러나?"

"야! 그 새끼 잡아와야지!"

하지만 경찰관들은 아무런 말도 하지 않고 그곳을 떠났고 다들 왜 그런지 어리둥절한 얼굴이 되었다. 그리고 그곳에 미리 심어 둔 사람이 알았다는 듯 손바닥을 탁 소리 나게 쳤다.

"아! 면책특권!"

"면책특권?"

"그거 있잖아요, 외교관이 다른 나라에서 처벌한 위기가 되면 면책특권이 있어서 처벌받지 않는다고."

"뭐라고요?"

미국 사람들은 의외로 무식하다. 텔레비전에서는 무척이나 지적인 모습으로 나오지만 실상 문맹률이 가장 높은 곳 중 하나가 바로 미국이다. 그리고 노형진은 그걸 알고 있었기 때문에 면책특권에 대해서 절묘하게 맞는 듯하면서도 약간 다르게 설명하도록 했다.

"쉽게 말해서 대한민국 정부가 처벌을 거부한다면 미국이 처벌할 방법이 없다는 거죠."

맞는 말이기는 한다. 그게 면책특권이니까. 하지만 사람들은 어이없어 했다. 그리고 때에 맞춰서 한 남자가 바로 총을 빼 들었다.

"그런 개 같은 게 어디 있어! 한국은 상전이냐! 그 개새끼 내놔!"

물론 총을 들고 쏘지는 않았다. 사실 총 자체도 빈총이었다. 하지만 그게 외부에 어떻게 보일지는 뻔했다.

"자, 그럼 우리는 기다리는 일만 남았군요, 후후후."

⚖️

며칠 후 대한민국은 초유의 사태를 일으켰다.

"이번 주미일진회에 관련된 사항에 관하여 우리 대한민국은 면책특권을 포기합니다. 또한 주미일진회 출신으로 대한민국에 있는 모든 범죄자들에 대하여 무조건적으로 미국으로 송환하도록 하겠습니다."

뉴스를 보면서 노형진은 미소를 지었고 남상주는 혀를 내둘렀다.

"이걸 노린 건가?"

"네, 안 그러면 대한민국 정부에서 쉬쉬하면서 사람들이 잊을 때까지 시간을 끌었겠지요. 어디 한두 번 하나요, 이런 짓?"

노형진은 고의적으로 사람을 풀어서 대사관을 빈총으로 위협하는 유의 짓은 하지 않았다. 그저 한국 정부가 전쟁을 불사해서라도 범죄자를 내놓지 않겠다고 입장을 표명했다는 헛소문을 퍼트렸을 뿐이다.

하지만 그 얘기를 들은 사람들은 크게 분노하며 너도 나도 총기를 들고 주미한국 대사관으로 몰려갔다. 그러자 미군도 총기를 들고 대사관을 보호해 대치 상황이 벌어지면서, 대한민국 정부에 큰 부담을 주었다.

당연히 미국 정부의 눈치를 볼 수밖에 없었던 한국 정부는 오래지 않아 범죄자를 넘겨주게 된 것이다.

"하긴 그렇지 않았다면 아마 그들은 다시는 미국에 오지는 않았겠지."

미국이 요청해도 대한민국이 거부하면 그만이며, 설사 거부하지 않는다고 해도 가해자는 몇 번이나 재판하면서 시간을 끌 수 있다. 그 와중에 해외로 나가 버리면 그만이다.

"안 그러면 대한민국 정부가 그렇게 호락호락하게 내놓겠습니까?"

소속된 대부분의 사람들이 주요 정치권의 자식이나 본인, 또는 경제계 사람들이다 보니 대한민국에서는 말 그대로 피바람이 불기 시작했고 그 와중에 노형진을 노리던 이도균 역시 휩쓸리고 말았다.

—성화 그룹의 미국 지사 대표였던 이도균이 오늘 살인 교사 혐의로 FBI에 체포되었습니다. 이도균은 지난번 성화그룹의 세균 살포 사건과 관련하여 그 상대방에 대한 살인을 교사하였으며…….

"으아아아! 놔! 놓으라고! 내가 누구인 줄 알아! 놔! 씨파 아알!"

아나운서의 설명과 더불어서 끌려가지 않으려고 발악하는 이도균의 모습이 나오고 있었다. 노형진은 그걸 보면서 혀를 끌끌 찼다.

"그러니까 알아서 조심해야지."

아마 이번 사건으로 인해 이도균뿐만 아니라 성화 내부에 있는 수많은 주미일진회 멤버들이 체포당할 것이다.

"성화가 심하게 흔들리겠군."

"그렇겠지요."

더군다나 지금 벌어지고 있는 소송에서도 이길 수 없는데 그 징벌적 배상을 하려면 아마 엄청난 타격을 입게 될 것이다.

"후후후."

"자네는 점점 무서워지는 것 같아."

남상주는 노형진을 보면서 괜히 말했고 노형진은 은근히 사악한 미소를 보였다.

"제가 좀 사악합니다. 크하하하하…… 콜록콜록!"

소파는 과학이 아니다

"미국이드아!"

노현아는 입국장에서 내리자마자 팔짝팔짝 뛰기 시작했다. 노형진은 그런 노현아를 보면서 혀를 끌끌 찼다.

"누나, 미국에 처음 온 사람처럼 왜 이래?"

"나 처음이거든? 넌 처음이 아닌 것처럼 말한다?"

"그런가? 하하하."

유민택은 눈물 나게 고마워하면서 노형진의 가족을 특별히 미국으로 보내 줬다. 단순히 사건을 해결한 게 아니라 실질적으로 몇 년 동안 성화가 심혈을 기울여서 키워 온 미국 지사를 작살내 놨기 때문이다. 미국 지사의 사장이 테러 혐의와 살인 교사 혐의로 체포되었고 성화 내부에 있던 주미일진회 소속의 멤버들이 대거 체포당하면서 성화가 무척이나 흔들렸던 것이다. 물론 대룡도 주미일진회 출신이 없는 건 아니었지만 상대적으로 성화에 비해서는 극히 작은 숫자였기 때문에 그다지 타격이 크지 않았다.

"미국이다! 우와! 백인이야! 백인."

"아, 진짜. 이러다 흑인 보면 자지러지겠네."

"우와와! 흑인이다!"

"얼씨구?"

노현아가 신나가 방방 뛰자, 노형진은 그런 누나를 보면서 혀를 끌끌 차다가 부모님을 바라보았다.

"올 때 안 어려우셨어요?"

"아주 편하게 왔단다."

비즈니스도 아니고 퍼스트 클래스로 날아왔으니 당연히 편할 수밖에 없었다. 그 여행이 마음에 드는 듯 두 사람은 여유가 있어 보였다.

"그나저나 미안해서 어쩌니?"

"좋게 생각하세요. 제가 그만큼 일해 줘서 그러는 거니까."

사실 노형진이 해 준 것은 이것에 비하면 진짜 엄청난 일이었다. 만일 소송에서 졌다면 대룡은 상상 이상의 타격을 입었을 것이다.

"그나저나 이제 어디로 가면 되니?"

"일단 호텔로 가죠."

노형진은 가족들을 데리고 바로 호텔로 향한 뒤, 그곳에서 관광을 위한 여러 가지 설명을 하고 준비하기 시작했다.

때마침 대룡에서 온 안내인이 가족들에게 안내해 주었다.

"일단은 디즈니랜드를 가 보시는 게 어떨까 싶습니다."

"오오, 디즈니!"

"이 나이에 무슨."

"아빠, 디즈니랜드는 단순한 놀이동산이 아니라니까요."

디즈니랜드라는 말에 광분하는 노현아를 보면서 노형진은 이번만큼은 약간 물러서기를 잘했다고 생각했다.

'이렇게 좋아할 줄 알았으면 데리고 올 걸 그랬네.'

하긴 미국 여행이라는 것이 쉽게 할 수 있는 것은 아니니 어찌 보면 당연한 일일지도 모른다.

"그럼 내일 뵙겠습니다."

안내인의 설명이 끝나고 난 후 노현아는 잔뜩 기대한 얼굴로 후다닥 방에서 나왔다.

"여기 호텔에 가면 술집이 있다면서?"

"술집은 어딜 가나 있는데?"

"미국 술집이잖아. 양주! 양주!"

"그런 식으로 보면 소주는 무슨 전통주냐?"

모든 것이 신기한 노현아. 하지만 그에 비해 부모님은 피곤한 얼굴이었다.

"양주가 뭐가 신기하다고. 난 쉬고 싶구나."

"나도 쉬련다. 편하게 왔는데도 은근히 힘드네."

"그럼 저랑 형진이만 다녀올게요."

"난 왜······."

"그럼 나 혼자 가리?"

결국 노현아에게 이끌려서 아래로 내려온 노형진. 툴툴거리면서 내려왔지만 그래도 시설을 보고는 만족스러운 얼굴이 되었다.

"역시 5성급 호텔은 좋구나."

모든 것 하나하나에서 뭔가 있어 보인달까?

"내 칵테일 하나 말아 와라."

"누나, 무슨 폭탄주 만들어? 칵테일 하나 말아 오라고 하게?"

"그래서 싫어?"

"네, 네, 대령해 드리죠."

노형진은 바텐더에게 도수가 약한 칵테일을 두 개 주문한 뒤 기다리기 시작했다. 이른 시간이다 보니 조용해 주변에서 하는 이야기가 자연스럽게 귀에 들어왔다.

"저 여자 예쁘지 않냐?"

"누구? 저기 동양인 애?"

"응."

"예쁘네."

노형진은 옆에서 수다를 떠는 두 사람을 힐끗 바라보았다. 두 백인의 시선이 노현아에게 향해 있었기 때문이다.

'뭐, 상관없겠지.'

그들이 뭐라고 하든 상관없기 때문에 노형진은 그냥 칵테일이나 가지고 가려고 생각하고 있었다. 그런데 그다음 말이 심각하게 거슬렸다.

"확 자빠트릴까?"

"어떻게? 아! 한국에서처럼?"

"그래, 얼마나 좋아? 한국 년들이 확실히 조임이 죽인다니까."

그것까지는 노형진은 참았다. 어찌 되었건 남자들끼리 음담패설을 주고받는 것을 말릴 수는 없으니까

'쓸데없이 문제 만들지 말자.'

더군다나 여기는 미국. 문제가 생기면 총기가 나오는 그런 나라다. 그러나 그다음 말은 노형진의 심리를 심각하게 얼어 붙게 만들었다.

"주한 미군으로 있을 때가 좋았지."

"그렇게 말이야? 아무 년이나 데려다가 꽂아 대도 누가 뭐라고 하지 않고 말이야."

"큭큭, 너나 나나 그런 곳이 아니면 언제 계집들을 그렇게 품어 보겠냐?"

"그러게. 큭큭큭."

"그때 강간한 것만 안 걸렸어도 몇 년은 버티는 건데."

"그러니까 학생은 조심하라니까."

"인마, 보송보송한 계집애를 두고 어떻게 그냥 넘어가냐?"

그 말에 순간 노형진은 두 사람을 노려보았다.

'강간? 학생?'

도대체 거기서 강간한 놈들이 여기에 멀쩡하게 있다는 것이 이해가 가지 않았다.

"저년도 덮칠까?"

"아서라. 여기 5성급 호텔이야. 잘못 건들면 일 커진다. 여기는 한국이 아니라고."

"아, 아깝네. 꼴릿 한데."

낄낄거리는 두 사람의 음담패설을 듣던 노형진은 얼마 지나지 않아서 어떻게 그들이 그럴 수 있는지 알아차렸다.

'망할 소파 때문이군.'

소파. 그건 사람이 앉을 때 쓰는 물건이 아니다. 정식 명칭, SOFA. 주한 미군 주둔 협정의 약자다.

'망할 놈들.'

문제는 이것이다. 소파에 따르면 주한 미군이 범죄를 저질러도 한국에는 처벌할 권리가 없다. 물론 미군에게 처벌하기 위해서 범인을 넘겨 달라고 할 수는 있지만 미국이 거부하면 그만이다. 실제로 주둔군 협정이 생기고 나서 단 한 번도 미군은 범인을 넘겨준 적이 없다.

'잊고 있었다.'

소파 협정의 폐해를 보여 준 사건이 다름 아닌 장갑차 압사 사건이었다. 운행 중이던 장갑차가 학생을 깔아뭉개서 죽

이것이법이다.

었는데 결과적으로 대한민국이 한 것이라고는 아무것도 없었던 것이다. 조사하는 데에 미군은 오지 않았고 그들이 한 것은 그저 유감이라는 말과 조사 결과 사고였다는 말뿐이었다. 직접적인 취조나 조사도 하지 못했던 것이다.

물론 그들의 말처럼 실수일 수도 있다. 하지만 조사 자체를 막는 그들의 행동에는 문제가 많았다.

'그 말이 사실이었지.'

한국에서 범죄를 저지른 미군의 처벌 권한은 한국에 있는 게 아니라 미국에 있다. 그리고 미국이 재판권을 포기해야 한국에서 재판할 수 있다. 문제는 미국은 역사적으로 단 한 번도 그걸 포기한 적이 없다는 것이다.

그럼 그들이 본국으로 왔을 때 제대로 처벌받느냐?

그것도 아니다. 그저 돌아왔을 때 승진상의 불이익을 조금 받거나 그냥 군대에서 나가는 식으로 해결하는 것이 보통이다. 결과적으로 한국에서 사람을 죽이지 않는 이상에야 제대로 처벌받지 않는다. 폭행이나 협박, 재물 손괴 등은 아예 없는 일이 되어 버리는 게 일상이었고 가장 많이 벌어지는 사건 중 하나인 주한 미군의 강간 같은 경우 군 생활을 하면서 승진 벌점 정도로 끝나는 경우가 많았다. 어차피 그들이 미국으로 오면 한국에서는 더 이상 뭘 할 수가 없기 때문이다.

"아까운데."

"한번 말이나 걸어 볼까?"

그들의 시선은 음란함으로 가득 차 있었다.

노형진은 기분이 나빠져서 바텐더를 바라보면서 다그쳤다.

"그걸 주시든가, 아니면 취소하겠습니다."

노형진의 능숙한 영어에 지껄이던 두 사람은 움찔했다. 그들이 그렇게 떠들 수 있었던 것은 노형진이 영어를 모른다고 생각했기 때문이다. 노형진이 노현아와 함께 들어오는 것을 본 그들은 어색한 얼굴로 떠나갔다.

"왜 그래? 무슨 일 있었어?"

노형진이 칵테일을 가지고 오자 노현아는 고개를 갸웃했다. 그 짧은 사이에 기분이 엄청 상한 얼굴이 되어 있었기 때문이다.

"좀 그런 일이 있었어. 천하의 개쌍놈들을 만났다고 할까?"

"응?"

"그런 게 있어. 올라가자. 여기서 더 있으면 기분 나빠지겠다."

노형진은 그대로 칵테일을 원샷 했고 노현아는 어쩔 수 없다는 듯 어깨를 으쓱하고는 그걸 한꺼번에 들이켰다.

⚖

"그렇단 말이지."

노형진은 노현아와 부모님을 안내인과 함께 놀러 가라고

보낸 후 시간을 보내고 있던 남상주 변호사를 만나서 이야기를 꺼냈다. 도무지 찝찝해서 놀 기분이 아니었던 것이다.

"확실히 심각한 문제이기는 해."

"그런가요?"

"그래, 한국 사람들이야 잘 모르지. 한국 정부에서도 그다지 관심을 가지고 있지 않고 말이야."

주한 미군이 뭘 하든 사건이 터지면 미군은 그 사람을 본토로 발령해 버린다. 그 후에 그냥 제대시키거나 불이익을 주는 것으로 사건을 처리한다. 한국 사람에게는 씻을 수 없는 상처를 준 이들이 미국에서는 떵떵거리면서 잘 사는 것이다.

"장갑차 사건도 그래. 솔직히 내 군 경험상 이야기하자면 충분히 사고는 있을 수 있어."

문제는 그 대응이 문제였다. 사고는 있을 수 있다. 진짜 사고라는 건 사소한 것들이 꼬리에 꼬리를 물고 이어지다가 터지는 것이니까.

문제는 그 후에 미군의 대응이었다. 그들은 소파를 들먹이면서 아예 조사 자체를 거부했고 나중에 한국 정부에는 자체 조사 결과 사고였다고 공문을 보낸 것이 다였다.

"그런 상황에서 누가 믿겠나?"

진짜로 사고였다면 최소한 사고 당사자들을 한국 조사 팀에 보내서 조사할 수 있어야 한다. 하지만 그들은 사고가 나기 무섭게 미국으로 발령받아서 날아가 버렸고 남은 것은 그냥 사고라는 미군 측 주장뿐이었다.

"그렇다고 소파를 우리가 고칠 수는 없지 않나?"

"그건 그렇지요."

"그런데 왜 날 찾아온 건가? 그냥 가족들이랑 놀지그래?"

"전 소파를 고치려고 온 게 아닙니다. 제가 무슨 힘이 있다고 소파를 고치겠습니까?"

"그럼?"

"전에 했던 말 기억하십니까?"

"어떤 ?"

"대한민국 정부가 안 해 준다면 우리가 해 주자는 말."

"아아아, 그때 그런 적이 있었지."

노형진이 해외에 나갔을 때 사건이 발생했는데 주미한국 대사관은 도움을 거절했다. 그 덕분에 노형진이 로비스트까지 동원해서 그들을 구해 준 것이 있었다.

"소파로 안 된다면 다른 식으로 그들을 구제해 줄 수 있지 않을까요?"

"구제라니 무슨 수로? 이런 말 하면 그렇지만 정부조차 처벌하지 않으려고 한다고."

"그거야 소파의 규정에 묶여서 그렇지요. 하지만 형법으로만 처벌하라는 법은 없지 않습니까?"

"응?"

노형진의 말에 남상주는 고개를 갸웃했다. 형법으로 처벌하지 못한다면 어떤 식으로 처벌하란 말인가?

"미국에는 이런 말이 있지요, 소송의 천국이라고."

"그거야 다 아는 소리가 아닌가?"

"그런데 왜 여기서는 소송하지 못할까요?"

"그거야……."

형사는 정부의 관할인데 정부에서 소파 규정상 포기해 방법이 없기 때문이다.

"그럼 민사는요?"

"민사야 당연한 거 아닌가?"

미국에서 소송하려면 못해도 수천만 원의 돈이 든다. 미국의 선임료는 한국보다 훨씬 비싼 데다가 아무리 싼 비행기를 타고 온다고 해도 비용이 제법 들기 때문이다.

"만일 오지 않는다면요?"

"오지 않는다면야 비용이 확실히…… 아!"

그 말에 눈을 번쩍 뜨는 남상주였다. 노형진이 했던 그 말이 생각난 것이다.

"여기에 지점을 내자는 말인가?"

"그렇습니다."

"확실히…… 좋은 생각이로군. 지점이라니, 내가 왜 그 생각을 못 했지?"

한국 본사에서 수임한 다음 미국의 지점에 사건을 맡겨 미국에서 소송을 진행해 돈을 받아 낸다. 그리고 그 돈을 지점을 통해 넘겨받아 피해자에게 전달하는 것이다.

"민사는 소파의 규정에 영향을 받지 않습니다."

민사사건은 말 그대로 그들만의 문제라 소파 규정의 대상이 아니다. 그럼에도 불구하고 민사를 못하는 이유는 들어가고 나가는 돈이 동일하거나 더 손해이기 때문이다.

"좋은 생각이기는 한데 말이야……."

남상주는 고민에 빠졌다.

확실히 노형진의 말이 맞다. 당장 소파 규정뿐만 아니라 사고를 치고 미국으로 돌아오는 경우 한국에서 할 수 있는 것은 거의 없다. 그걸 알기에 몰래 한국에 와서 사고를 치고 재빨리 입국하는 녀석들도 실제로 존재한다.

"문제가 있다는 걸 알 텐데? 미국의 소송 비용은 한국보다 비싸다네."

한국에서 일반적으로 받는 비용을 생각하면 여기서 정식으로 변호사를 고용하는 것은 힘든 일이다.

"그러니까 계획을 바꿔야지요."

"계획을 바꾼다니?"

"우리가 여기에 소송을 위해서 기업을 세우는 게 아니라 투자하는 겁니다."

"투자? 그게 가능해?"

"미국은 가능합니다."

한국에서는 설립할 때 투자자를 받지 못하게 되어 있다.

공식적으로는 돈에 예속되지 않기 위해서라고 하지만 사실은 자신들의 갑으로서의 위치가 흔들리지 않게 하기 위해서다. 그에 반해 미국에서는 로펌에 대한 투자가 활성화되어 있다.

"그건 미처 생각하지 못했군."

한국이 당연히 투자할 수 없으니 미국 역시 투자할 수 없다고 생각한 것이다.

"그리고 아실지 모르겠지만 미국도 변호사들의 취업난이 심각합니다."

"심각하다고?"

"네."

로스쿨은 매년 엄청난 수의 변호사들을 뽑아낸다. 그러다 보니 생각보다 많은 변호사들이 생기는데, 일자리를 구하지 못하면 놀게 되기 마련이다. 심지어 그러다가 망해서 노숙하는 변호사가 있을 정도다.

"음......."

"어차피 그들에게 적당한 조건만 제시한다면 조건을 받아들일 겁니다."

"조건이라 하면?"

"사무실 운영비 그리고 인건비를 제외한 나머지 수입이겠지요."

"호오?"

어차피 그런 변호사들은 자기 사무실을 하나 가지는 것조차 힘들다. 무척이나 비싸기 때문이다. 하지만 새론은 아무리 규모가 차이가 난다고 하지만 미국에 사무실 하나 얻지 못할 정도는 아니다.

"우리가 사무실과 인건비를 일정 기간 지원해 주는 대신에 수익의 일부와 한국 쪽 미국 소송을 그들이 해 주는 겁니다."

물론 새론의 수익이 그다지 많다고 할 수 없을 것이다. 그러나 미국의 소송을 미국에 가지 않고도 맡길 수 있다는 점에서 수많은 사람들에게 관심을 가질 게 뻔했다.

"하지만 그들이 그렇게 움직일까?"

"움직일 겁니다. 지금 당장 넘어가도 이상할 게 없는 곳들이 넘치니까요."

당장 변호사들은 넘친다. 그리고 그들을 찾는 것은 어려운 일이 아니다.

"하지만 적당한 사람을 찾는 게 어려운 일 아닌가?"

그 말에 노형진은 씩 웃었다.

"적당한 사람이 한 명이 있습니다."

"뭐? 자네는 미국에 온 적도 없는데 그런 정보는 어디서 얻는 건가?"

"하하, 그냥 운이 좋았다고 생각해 두세요."

"그나저나 그 사람, 괜찮나?"

"아주 괜찮은 사람입니다. 하하하."

노형진은 자신 있게 말했다.

⚖

"아이구, 우리 아들. 같이 놀러 왔는데 우리만 놀고, 미안
해라."

"괜찮아요."

노형진은 부모님들에게 사정을 이야기하고 길거리로 나왔
다. 조금씩 따뜻해지고 있었지만 여전히 날씨는 쌀쌀했다.

노형진은 그 기운을 느끼면서 바로 옆에 있는 호텔로 향했
다. 아무래도 같은 건물에서 하는 것은 약간 찝찝했기 때문
이다.

"그나저나 이 동네인 건 알겠는데 닉이 너무 흔해서 찾을
수 있을까?"

노형진이 찾는 사람은 여자 변호사였다. 그리고 엄청난 독
종이기도 했다.

'과거의 실수만 아니면 말이지.'

그녀는 막대한 빚을 지고 로스쿨을 나왔지만 수많은 로스
쿨 졸업생처럼 자리를 잡지 못했다. 남성 위주의 로스쿨에서
여자인 그녀가 자리를 잡는 것은 어려운 일이었던 것이다.
결국 그녀는 빚을 갚기 위해서 고급 콜걸로 몰래 일했다. 그
렇게 일하다가 드디어 빛을 보는가 싶었지만 재수 없게 상대

방 의뢰인이 손님으로 만나는 바람에 과거가 드러나서 몰락하고 말았다.

'실력 자체는 대단했는데 말이야.'

노형진이 그녀를 아는 건 적으로도, 친구로도 몇 번 만났기 때문이다. 그녀는 노형진과 비슷한 부류였다. 승리를 위해서는 모든 노력을 아끼지 않는 타입. 그래서 그녀가 과거의 일로 인해 침몰할 때 많이 안타까워하기도 했다. 기회가 없었을 뿐이지, 그녀의 재능은 넘쳤으니까.

"그러니까 여기 어디인데⋯⋯."

노형진은 사방을 돌아다니면서 에스코트 서비스를 지원해주는 곳의 전화번호를 모조리 가지고 왔다. 좋게 말해서 에스코트 서비스지, 사실상 고급 콜걸 업체나 다를 바 없는 것들.

"끙⋯⋯ 그나저나 캔디라니 무슨⋯⋯."

문제는 캔디라는 이름이 이 바닥에서는 너무나 흔한 이름이라는 것. 그리고 이 근처에서 일하는 것만 알 뿐이지, 정확하게 어떤 곳을 통해서 일하는지는 모른다는 것이 문제였다.

"할 수 없지. 그래도 시도는 해 봐야지."

시기상 그녀는 아직 이쪽에 들어온 것은 얼마 되지 않았고 그녀의 인생을 망가트린 그 의뢰인을 만날 시점이 되지도 않았다. 그러니 지금 그녀를 빼낼 수 있다면 그들의 문제를 해결함과 동시에 그녀를 도와줄 수 있는 기회가 될지도 모른다.

"일단은⋯⋯ 여기부터."

노형진은 전화번호를 보며 천천히 버튼을 눌렀다.

⚖

"죄송합니다."

노형진은 고개를 갸웃하는 콜걸에서 돈을 주고는 돌려보냈다.

"아…… 네, 네……."

그녀는 당황스러웠다. 부르더니 한숨을 푹 쉬면서 돈을 주고 돌아가라니.

'내가 마음에 안 들었나?'

그렇게도 생각했지만 그건 아닌 눈치였다. 마음에 안 들었다면 화를 내지, 미안한 얼굴을 하지는 않으니까.

'나야 뭐, 상관없지.'

돈 주고 돌아가라는데 싫을 리 없다.

그녀가 나가고 난 후 노형진은 한숨을 쉬었다.

"벌써 여덟 번째다. 설마 다른 곳에서 일하나?"

그러면 낭패다. 물론 누가 능력이 있는지 기억하고 있기 때문에 능력 있는 사람을 고용하는 것은 어려운 일이 아니다. 문제는 그만큼 그들의 요구 조건이 까다롭다는 것.

'아마 지금이라면 그녀도 순순히 인정하겠지.'

취업도 못한 채로 파산 위기에 몰리면서 어쩔 수 없이 고급 콜걸이 된 것이니까.

"여기 ○○호입니다만 지명하려고 합니다."

그렇게 아홉 번째 전화를 주고 기다리는 사이 시간이 흐르고 누군가 문을 두들기는 것이 들렸다.

철컥.

문이 열리고 그 문틈으로 보이는 여자의 얼굴.

"안녕하세요. 캔디예요."

노형진은 그런 그녀의 모습을 보고 빙긋 웃었다.

'찾았다.'

그녀의 머리카락은 짙은 갈색으로 염색되어 있었지만 적으로서, 동료이자 친구로서 몇 번이나 그녀를 본 노형진은 그녀를 알아보는 게 어렵지 않았다.

"어서 들어오세요."

"네."

안으로 들어온 그녀가 주변을 둘러보면서 안으로 들어가자 노형진은 문을 잠그고 들어가서 그녀에게 자리를 권했다.

"그나저나 처음 뵙네요? 지명이라고 하던데."

보통 알고 지내기 때문에 지명하기 마련이다. 그런데 아무리 봐도 그녀는 노형진이 기억이 없었다.

'동양인 손님 중에 이런 사람이 있었나?'

대부분 아저씨들이지, 이런 젊은 청년은 없었기 때문에 그녀는 고개를 갸웃했다.

"당신은 절 모르겠지요. 하지만 전 당신을 압니다, 캔디, 아니 엠버 양."

그 말에 캔디, 아니 엠버의 얼굴이 딱딱하게 굳기 시작했다. 그도 그럴 것이 천하의 변호사가 이런 일을 한다는 게 알려져서 좋을 게 없기 때문이다.

"잘못 아신 것 같네요."

애써 부정하는 엠버. 하지만 노형진이 그녀를 잘못 알아볼 리 없었다.

"엠버 브라운, 나이 스물다섯 살. 캘리포니아 주립대 로스쿨 출신. 1남 1녀 중 둘째. 부모님은 캘리포니아에서 자동차 수리업을 하시고요. 아닌가요? 원하면 주소도 불러 드릴까요?"

그 말에 엠버는 사색이 되었다. 자신에 대해서 이렇게 잘 아는 사람이 있을 거라고는 생각도 못했던 것이다.

'나에 대해서 어떻게 안 거지? 협박? 하지만 협박장 같은 걸 받은 적이 없는데? 설마 내 몸을 노리고? 아니, 그건 말이 안 되잖아. 어차피 콜걸로 온 건데 무슨 상관이야.'

그녀는 지금의 노형진이 노리는 바를 도무지 상상할 수 없었기 때문에 침묵을 지켰다.

노형진은 그녀에게 술을 한 잔 부어서 건넸다.

"뭐, 놀란 건 알지만 나쁜 짓 하려고 만난 건 아니니 걱정하지 마십시오. 버번위스키에 얼음 세 개. 맞지요?"

심지어 취향까지 알고 있다는 사실에 그녀는 도망가려고

하던 생각까지 버렸다. 도무지 도망갈 수 있는 상황이 아니었다.

'아니, 설사 도망간다고 해도…….'

이 정도로 알고 있다면 자신을 찾을 수 있을 거라 생각했다. 사실 그녀가 도망간다면 노형진에게 찾을 방법 따위는 없지만 말이다.

"뭘 이야기하고 싶으신 거죠?"

"일단 한 잔 들이키고 이야기하죠. 어차피 진정돼야 말할 수 있을 테니까."

그 말에 엠버는 술을 쭉 들이키고 노형진을 뚫어져라 바라보았다. 그러자 노형진은 어깨를 으슥하더니 들고 있던 술잔을 내려놓았다.

"마음이 급한 것 같으니 바로 하는 게 좋겠군요."

"뭘 원하는 거죠?"

"당신을 고용하고 싶습니다. 정확하게는 당신에게 투자하고 싶습니다."

"뭐라고요?"

고급 콜걸을 하다 보면 여러 인간을 만나기 마련이다. 그런데 그중에서 자신에게 투자하겠다는 사람은 처음이었기 때문에 그녀는 어이가 없었다.

"당신이 나에 대해서 뭘 안다고……. 아니, 알고 있겠군요."

항의하려다가 갑자기 노형진이 자신에 대해 말한 것이 생각나 축 늘어지는 엠버.

"맞습니다. 당신이 재능이 있다는 것도, 엄청난 이자의 학자금 대출 때문에 이 일을 한다는 것도, 여자들을 무시하는 로펌 때문에 취업하지 못하는 것도 모두 알고 있습니다."

그 말에 엠버는 침묵을 지키다가 입을 열었다.

"당신은 날 아는데 나는 당신을 모르는군요. 진짜로 투자하고 싶다면 자기소개쯤은 예의 아닌가요?"

'그렇지. 이런 게 원래 성격이지.'

그녀는 확실하게 변호사에 맞는 성격이었다. 더군다나 자신이 여자라는 점을 무기처럼 사용할 줄 아는 사람이기도 했다. 지금도 말하면서 은근히 다리를 꼬아 앉으면서 노형진을 유혹하는 듯한 자세를 취하고 있었다. 투자라는 말에 우선권을 자기 쪽으로 가지고 오기 위해서 하는 행동이었다.

"노형진이라고 합니다. 한국의 새론 법무 법인. 여기 표현을 빌리자면 로펌의 변호사입니다."

"호오? 한국요? 그런데 한국에서 저한테 어쩐 일로 관심을 다 가지시는지 모르겠네요?"

"능력이 있는 변호사를 찾는 중이었습니다."

"그런데 절 어떻게 아셨죠?"

"개인적인 정보 라인이 있다고만 해 두죠."

노형진은 슬며시 웃으면서 술을 살짝 마셨다.

'남자들이 흔들릴 만하네.'

노형진이 그녀를 만난 건 원래 이혼하고 미국에 와서 만났을 때니 그때는 나이를 상당히 먹은 후였다. 그때도 어지간한 남자들은 그녀가 웃으면 훅훅 넘어갔는데 젊은 그녀에게는 어지간한 남자들을 쥐고 흔들 매력이 있었다.

'그때는 완숙미가 넘쳤지. 후후후.'

아마 그 손님만 만나지 않았더라면 상당히 유명한 변호사가 되든가, 판사의 자리까지 노릴 수 있었을지도 모른다.

"거절한다면요?"

"그럼 다시는 볼일이 없겠지요."

슬쩍 간을 보는 그녀의 말에 노형진은 선을 그었다.

"내 쪽이 구미가 당기기는 하지만 간절한 건 아니다?"

"눈치가 빠르시네요."

"이유가 궁금하군요."

"여성분이시니까요."

"잠자리 요구?"

"천만에요. 확률의 문제죠."

그 말에 그녀는 고개를 끄덕거렸다. 그녀 역시 변호사, 특히 여자 변호사가 잘 꾸미고 간다면 유리한 판결이 나온다는 것쯤은 알고 있었다. 물론 대부분의 여자 변호사들은 자존심 때문에 그렇게 섹시하게 꾸미지 않지만 말이다. 캐서린이 배웠으면 했던 타입의 변호사. 그게 바로 그녀였다.

"그렇군요."

그녀는 바로 다리를 풀고 바로 앉았다. 협상해 볼 의사가 있다는 소리였다.

"한국에서 왜 미국 변호사에게 투자하려고 하는 거죠?"

"SOFA라고 아십니까?"

"SOFA?"

"네, SOFA란……."

노형진은 지금 한국에서 벌어지는 일에 대해서 이야기했고 그 이야기를 들은 엠버의 눈에서 빛이 나기 시작했다.

'그렇지. 돈 냄새가 나지. 후후후.'

아직까지 대부분의 변호사들은 미국 내 사건에 안주하고 있다. 사실 그게 당연하다. 하지만 미국 사람이 있다면 범죄가 있기 마련. 미국 사람이 피해자라면 모르지만 가해자라면 미국 내에서도 재판이 가능하다.

"그걸 나와 하겠다고요?"

"그렇습니다."

"그런 호의를 베푸는 이유가 뭐죠?"

"그냥 운이 좋다고 생각하십시오."

"운이라……."

그녀는 침묵을 지켰다. 단순히 운이 좋다고 말하기에는 너무나 좋은 기회.

"그럼 조건이 뭔지 들어 볼까요?"

"사무실과 인건비를 3년간 지원합니다. 그 대신에 우리가 맡기는 사건을 우선 처리해 주는 것입니다. 물론 수익 중 일부를 가지고 가는 것은 당연한 일이고요."

"만일 실패할 시에는?"

"투자입니다. 위험부담은 우리가 지는 거지요."

그 말에 그녀는 잠시 생각하다가 빙긋 웃었다.

"그럼 세부 사항을 이야기해 볼까요?"

피할 수는 있어도 도망칠 수는 없다

　노형진은 정식으로 계약하기로 했다. 그리고 엠버는 그날로 바로 콜걸을 그만뒀다. 투자자가 생겼는데 그걸 할 이유가 없기 때문이다.

　노형진은 새론에 이야기해서 바로 사건을 받기로 했다. 어차피 미국에 온 것, 아예 해결하고 가기로 한 것이다. 물론 문제가 없는 것은 아니었다.

　"우리 아들은 맨날 일만 하는 것 같아."

　"하하하하."

　농담이 아니라 일중독이 아니냐는 소리까지 들어야 했으니 말이다. 물론 마음 같아서는 놀고 싶었다. 하지만 노형진은 아직까지 노현아를 바라보면서 음담패설을 나누던 주한 미군의 행동이 잊히지 않았다.

'아무리 일부라고 하지만 그들을 그냥 둘 수는 없지.'

남의 나라에 와서 고생하는 것은 고마운 일이다. 또한 나라를 위해서 목숨을 걸 준비를 하는 군인들은 존경받아 마땅하다. 하지만 탐욕을 위해서 군인이라는 이름을 더럽히는 녀석들을 노형진은 용서하고 싶은 생각이 없었다.

"노 변호사, 드디어 찾았다고 하네."

"드디어요?"

노형진은 남상주의 말에 그의 방으로 가서 인터넷으로 바로 화상회의를 시작했다. 느리기는 했지만 회의하는 게 어려운 것은 아니었다.

"자네가 말한 사건을 찾았네. 동두천 미군 기지에서 2년 전에 있던 사건이더군."

"그래요?"

"그래, 그 당시 스텐 윌리엄스 병장과 핸슨 브라운 병장이 중학교 3학년짜리를 강간한 사건일세. 미국은 두 사람을 바로 미국으로 소환했네."

"그 후에는요?"

"결국 그게 끝이었지."

미국에서 그들을 본토로 불러들이고 난 후 한국에서는 아무것도 할 수 있는 게 없었다. 그저 울분만 삼킬 뿐이었다.

"그 사건 결말은 좀 알아봤나?"

"스텐 윌리암스 병장은 벌금 8천 달러, 핸슨 브라운 병장은 벌금 6천 달러를 받았더군요."

"개자식들."

만일 그 아이가 미국의 아이였다면 아마도 그들은 볼 것도 없이 종신형을 받아서 감옥으로 끌려갔을 것이다. 하지만 그들은 미군이라는 이유로 벌금만 조금 내고 멀쩡하게 군 생활을 하고 있는 것이다.

"다른 사건은 많습니까?"

"'많습니까?' 정도가 아니야. 도리어 너무 많아서 문제일 정도일세."

"너무 많아서요?"

"주한 미군이 질이 좋지 못한 건 하루 이틀 문제가 아니지 않은가?"

슬픈 일이지만 주한 미군에 오는 사람들 중에는 질이 좋지 못한 경우가 많다. 다른 나라들은 SOFA처럼 극단적인 규정이 없어 문제가 생기면 해결하기가 쉽지 않다. 하지만 한국은 SOFA 때문에 미국으로 보내면 그만인지라 미국에서는 주한 미군에 질이 좋지 못한 병력을 배정하는 성향이 강했다.

"강간이나 폭행, 협박뿐만 아니라 주변 상인들이 손해배상까지 엄청나게 많더군. 그냥 외상값 떼먹고 도망친 건 아예 빼고 이야기하는 거네."

"헐."

그러니까 말 그대로 범죄만 해당되었던 것이다.

"심지어 결혼까지 하고 간 녀석도 있더군."

"결혼요?"

남상주는 고개를 갸웃했다. 그게 무슨 문제가 된단 말인가?

"한국에서는 결혼한 걸세. 문제는 미국에 진짜 부인이 있다는 거지."

"헐."

사실 주한 미군에서 그 사실을 모를 리 없다. 당장 결혼 직전에 제대로 확인했을 테니 그걸 말만 해 줬어도 이런 문제는 안 생겼을 것이다.

"그 사람이 양육비 소송을 하고 싶어 하더군."

"그것도 가능하겠네요."

이중 결혼까지 하고 그것도 모자라서 미국으로 도망친 사람이다. 노형진은 그가 그다지 불쌍하다고 생각되지 않았다.

"일단은 첫 번째 사건이니까 미성년자 강간부터 처리하죠."

"그렇지."

노형진은 이메일로 넘어온 사건 서류를 보면서 고개를 끄덕거렸다.

⚖

"이런 걸 그냥 둔다고요?"

깔끔하게 정리된 사무실. 그 안에서 일하고 있는 직원들.

당당하게 변호사가 된 엠버는 기가 막히다는 얼굴이 되었다.

"미국이었으면 종신형입니다. 종신형."

"피해자가 미국인이 아니니까요."

"미안해지는군요."

"그럼 이기면 되는 겁니다."

그 말에 엠버는 고개를 끄덕거렸다.

"문제는 증거가 부족하다는 거네요."

문제가 생기고 경찰이 출동하자 미군은 두 사람을 바로 본토로 발령해 버렸다. 당연히 제대로 수사도 하지 못했다.

"미국에서 처벌한 것이 있지 않습니까?"

"그것도 그냥 형량 협상을 통해서 한 거지, 제대로 조사한건 아니더군요."

"이런, 곤란하군요."

형량 협상을 했다는 것은 제대로 된 조사 자료가 없다는소리다.

"아니, 한 군데 있기는 할 겁니다."

"어디요?"

"미군 사령부에 말이죠."

그 말에 그녀는 이제는 금발로 돌아온 머리카락을 흔들면서 부정의 의사를 표현했다.

"무리예요. 줄 리 없죠."

"미국이잖습니까?"

남상주 변호사는 이상하다는 듯 고개를 갸웃했다. 하지만 노형진은 그렇게 될 거라는 것을 알고 있었다.

"군대라는 조직에는 사실 어딜 가나 비슷한 부분이 존재합니다. 대표적인 부분이 바로 내부적인 비리를 외부에 공개하지 않으려고 하는 것이지요."

"음⋯⋯."

"대한민국 군대라면 주겠습니까?"

"안 주겠지."

"당연한 겁니다. 저들은 분명 그 당시 자료를 보안 사항이라는 이유로 공개하지 않을 겁니다."

"그럼 어쩌지?"

사건 기록이 있어야 제대로 된 재판을 할 수 있다. 아니, 재판이 문제가 아니다. 사건 기록이 있어야 제대로 된 손해배상을 받을 수 있다.

"제가 봤을 때는 다른 곳에서 그 정보를 모아야 할 것 같습니다."

"그게 될 리가 있나?"

군대에서는 어떤 정보도 쉽사리 주지 않는다. 심지어 준다고 하면 각 글자마다 검은색으로 도배하다시피해서 주는 것이 바로 군대다.

"그럼 어떻게 싸워야 하죠? 이건 솔직히 답이 없어 보이네요. 모든 사건이 다 자료를 주려고 하지는 않을 텐데요?"

엠버는 갑갑한 듯 중얼거렸다. 아무리 노력하려고 해도 아무것도 없기 때문이다.

"미군이 이런 자료를 주려고 할 리 없는데."

미군은 전 세계에 퍼져 있다. 그들의 행동 중에는 범죄에 해당하는 사건들도 많다. 고문이나 강간 등도 일어난다. 하지만 그들은 언제나 비밀이라는 이름으로 그걸 감출 뿐이다.

"그건 내부에서 공개하는 사람이 있으면 좀 도움이 되겠지만……."

하지만 그런 경우 반역에 준해서 처벌하기에 그런 사람을 찾는 것은 쉬운 일이 아니다. 그 순간 노형진은 누군가를 기억해 냈다.

"어쩌면…… 그런 사람을 찾을 수 있을지도 모릅니다."

⚖

애나머스.

세계적인 해킹 집단으로 전 세계 정부의 공통된 적이기도 하다. 그럴 수밖에 없는 것이 그들은 기본적으로 화이트 해커를 지향하기 때문이다.

일반적으로 말하는 해커는 블랙 해커를 뜻한다. 해킹 실력을 이용하여 이득을 챙기려고 하기 때문이다. 하지만 화이트 해커는 해킹 실력을 이용해 사회적 공헌을 하려고 한다.

문제는 그 방식이 각 나라에서 감추고 싶어 하는 비밀과 추문을 공개한다는 것에 있다. 그래서 각 나라는, 특히 미국은 애나머스를 무척이나 싫어했다.

'그리고 난 그중 한 명을 알고 있지.'

애나머스는 철저하게 비밀리에 움직이고 있다. 그 덕분에 지금까지 누구도 잡히지 않았다. 하지만 미국 정부는 미래에 오랜 공을 들여서 한 명을 체포하는 데에 성공했다. 물론 그는 다른 정보원을 공개하지 않는 바람에 그 한 명으로 끝났지만 말이다.

'하지만 그가 날 도와줄지는 의문이기는 한데.'

애나머스는 철저하기 기밀로 움직이기 때문에 그들이 도와준다는 확신은 없는 상태. 결국은 설득밖에 방법이 없었다. 그나마 다행인 것은 그 당시 그의 변론을 맡았던 사람이 바로 그였다는 것.

띵!

허름한 아파트 엘리베이터가 움직이고 노형진은 불안하게 삐걱거리는 엘리베이터의 천장을 바라보았다.

"과연 도움을 받을 수 있을까?"

"글쎄요. 지금의 그라면 아마도요."

노형진은 지금 그의 사정을 누구보다 잘 알고 있었고 그것이 그가 잡히는 가장 큰 이유가 된다는 사실도 알고 있었다.

애나머스는 철저하게 익명으로 움직이지만 사람인 것은 마찬가지였기 때문에 실수하기 마련이다.

딩동.

"누구세요?"

문을 두들기자 안에서 들리는 어떤 노인의 목소리.

"카를로스를 찾으러 왔는데요."

"카를로스를요? 우리 애가 뭘 잘못했나요?"

"그건 아닙니다. 개인적으로 스카우트할 생각이 있어서요."

"스카우트요?"

그 말에 갑자기 덜그럭 소리가 빨라지더니 문이 활짝 열렸다.

"지금 카를로스를 고용하러 왔다는 건가요?"

"네, 카를로스 안에 있습니까?"

"그럼요. 그 녀석 주제에 어딜 가겠습니까? 카를로스! 손님 오셨다!"

반백의 노파가 잽싸게 카를로스를 부르러 올라가자, 남상주는 노형진을 보고 놀랍다는 얼굴이 되었다.

"도대체 스페인 말은 언제 배운 건가?"

"뭐, 그냥 어쩌다 보니요."

"도대체 자네가 못하는 게 뭔가?"

"하하하."

노형진이 노파와 말한 건 스페인, 정확하게는 에스파냐 언어였다. 그들은 히스패닉 계열이라 영어를 못하기 때문이다.

"들어가시죠."

"그러세."

남상주는 노형진과 안으로 들어갔고 반가운 기색이 가득한 할머니의 안내를 받으면서 들어간 방은 여러 가지 컴퓨터들과 모니터들로 가득했다. 그리고 화면에 떠 있는 수많은 주식 프로그램 창들.

"누구세요?"

카를로스는 자리에 앉은 채로 고개를 갸웃했다.

노형진은 그가 말하기도 전에 그 맞은편에 있는 침대에 걸터앉았다.

"카를로스 님을 고용하러 왔습니다."

"전 취업할 생각이 없습니다."

카를로스는 선을 딱 그었다. 그리고 그런 카를로스를 보면서 할머니는 소리를 버럭 질렀다.

"카를로스! 언제까지 이렇게 살 거니!"

"할머니 그래도 먹고살 만큼 벌잖아요."

"주식은 모르는 거야! 일자리를 구해야지! 일자리를!"

"싫다니까요!"

두 사람이 싸울 것 같자 노형진은 할머니를 진정시켰다.

"할머님, 진정하시고 일단 저희가 이야기를 나눌 테니 나가 계세요."

"우리 손자 좀 잘 부탁합니다."

노형진의 손을 잡고 굽실거리면서 인사하던 그녀는 조용히 방문을 닫고 나갔다. 그러자 그걸 보던 카를로스는 코웃음을 쳤다.

"안 나간다니까요, 그래 봐야."

그는 취업할 생각이 없어 보였다. 하긴 지금 그로서는 당연한 일일지도 모른다.

"취업하지 않으면 감옥에 가게 된다고 해도 말인가?"

노형진은 할머니가 나가자마자 바로 돌변했다. 일단은 그들이 모든 걸 알고 있다는 걸 알려 주어 압박을 주기 위해서였다.

"뭐라고요? 취업하지 않는다고 누가 감옥에 보낸대요? 웃기고 있네."

그는 말도 안 되는 소리라고 생각하는 건지 비웃음을 날렸다. 하지만 노형진은 그런 그를 보면서 피식 웃었다.

"글쎄, 애나머스의 중심인물이라면 충분히 갈 수 있을 거라고 생각하는데, 카를로스. 아니, 이 이름이 익숙할지도 모르겠군, 헌터 8018."

그 말에 카를로스의 눈이 무지막지하게 커지면서 몸이 움찔거렸다. 그러나 그런 행동도 얼마 가지 못했다.

"그 다리로 어디를 도망가려고?"

"크윽."

움찔거리는 탓에 흘러내린 담요 아래에 드러난 다리는 이루 말할 수 없이 빼빼 마른 상태였다. 절대로 사람이 쓰는 다리라고 볼 수 없는 상황.

"그걸 어떻게……."

카를로스는 당황했다. 자신들은 철저하게 비밀리에 움직인다. 그런데 찾아내다니.

"어디서 나왔습니까? FBI? 아니면 CIA?"

도망갈 길이 없다고 생각한 건지 그는 축 늘어지면서 물었고 노형진은 그런 그의 생각을 똑바로 고쳐 줬다.

"아까도 말했을 텐데. 고용하러 왔다고."

"진짜로 말입니까?"

"그래, 우리는 정부 기관 따위가 아니다."

그 말에 노형진과 남상주를 뚫어지게 바라보는 카를로스. 하지만 그들의 대화를 알아듣지 못한 남상주가 어색하게 웃는 바람에 도리어 의심이 탁 풀리는 기분이었다.

"애나머스는 점조직으로 움직이지만 그렇다고 해도 중간에서 연결해 줄 수 있는 사람은 필요하지. 그걸 미국 남부에서 하는 게 자네지. 안 그런가?"

"다 알고 왔군요."

카를로스는 축 늘어진 표정이 되었다.

"그런데 왜 신고하지 않는 겁니까?"

"그까짓 푼돈에 우리가 움직일 거라 생각하나?"

"하긴……."

카를로스는 어느 정도 납득이 갔다. 미국조차도 자신의 신분을 알아차리지 못하고 있다. 그런데 이들은 알고 있다. 그렇다면 어찌 보면 미국보다 더 위험할지도 모른다는 생각이 들었다. 물론 다 착각이지만.

"그럼 날 찾아온 건 왜입니까? 솔직히 실력이 있는 사람들을 찾는 건 어렵지 않을 텐데?"

단순히 프로그램을 만들기를 원한다면 자신이 아니더라도 실력이 좋은 사람을 찾는 것은 어렵지 않다. 그럼에도 불구하고 자신을 찾아왔다는 것은 불법적인 일이 연관되어 있다는 뜻.

"특정 자료가 필요하다."

"특정 자료?"

"주한 미군의 범죄 자료들."

"주한 미군?"

"그래, 가능한가?"

그 말에 그는 잠시 고개를 갸웃했다. 전혀 생각하지 못한 요구 사항이었기 때문이다.

"자네가 취업을 거부하는 이유는 알지. 출근할 것도 없다. 그냥 자료만 주면 된다. 대신에 적당한 돈을 지급하지."

"음……."

어차피 불법적으로 자신들을 속이고 있는 주한 미군이다. 그렇기에 그들의 컴퓨터를 해킹해서 자료를 빼내는 데에 있어서 노형진은 그다지 양심의 가책을 느끼지 않았다.

"그건 뭐하려고요?"

"민사소송을 할 거다."

"민사소송?"

"그래."

노형진은 카를로스에게 지금 한국에서 벌어지는 사태에 대해서 설명해 줬다.

"애나머스의 이념과 다르지 않아. 안 그런가?"

애나머스의 신념. 그건 화이트 해커로서 올바른 정보를 제공하는 것. 그것이 설사 미국 같은 초거대 국가라고 해도 말이다.

"그리도 미국이 자네들을 조사하는 방법도 알려 주지."

"뭐라고요?"

"몰랐나? FBI가 제법 가까이 와 있다네."

그 말에 카를로스는 깜짝 놀랐다.

"자네뿐만 아니야. 제법 많은 수가 의심받고 있지."

"어…… 어떻게."

"자네들만의 독특한 흔적이 있거든."

"흔적?"

"그래, 몰랐나?"

그 말에 카를로스는 깜짝 놀랐다.

"화이트 해커라고 하지만 결국은 이 바닥에 있는 사람들이니까."

미국은 애나머스 멤버를 잡기 위해서 시중에 있는 프로그램을 죄다 분석하기 시작했다. 돈이 많이 들고 오래 걸리는 일이기는 하지만 명확하게 증거를 잡아 가고 있었다.

"그게 무슨 소리야"

"결국 화이트 해커라고 해도 아예 하늘에서 뿅 나타나는 것은 아니라는 거지."

결국 이쪽 일을 하는 사람들이라 소리다.

사람들은 잘 모르지만 그들은 그들만의 독특한 버릇이라는 것이 있기 마련이다. 그리고 그 버릇을 확인하는 것이 미국 정부의 전략.

"자네한테 이번에 일거리를 준 사람 있지?"

"그거야 있……."

얼마 전 홈페이지 하나를 만들어 달라고 했던 사람이 있었기 때문에 그는 당연히 있다고 말하려다가 입을 다물었다.

"그거 좀 이상하지 않나?"

"그게……."

그들이 만들어 달라고 한 것은 인터넷 쇼핑몰 홈페이지. 그런데 사실 그런 것은 기존에 있던 홈페이지 툴을 이용하는 것이 더 싸다. 그럼에도 불구하고 그들은 카를로스에게 아예 처음부터 새로 만들어 달라고 했다. 그렇다고 그 기업이 그런 돈을 주고 만들어도 될 만큼 큰 곳인 것도 아니다. 의외로 신생 기업이었던 것이다.

"주변에 확인해 본 적은 있나?"

"……."

"확인해 봐. 아마 다른 의심받는 사람들에게 여럿 주문이 들어갔을 테니까."

"……."

카를로스는 그 말에 침묵을 지킨 채로 노형진만을 바라보았다.

'수사 기법까지 알려 주는 걸 보니 확실히 정부 쪽 애들은 아닌 것 같은데.'

사실 카를로스는 한때 총망받는 프로그래머였다. 그러나 사회에서 히스패닉 계열이라고 무시당하다가 교통사고까지 나면서 반신불수가 되었고 그게 그의 인생을 나락을 밀어 넣었다.

사실 프로그램을 짜는 것은 하체와는 아무런 관련이 없다. 하지만 기업들은 그렇다는 이유로 고용을 거부했고 지금도 근근이 알바에 가까운 일을 하면서 생계를 유지하고 있다.

"……?"

"우리 애나머스는 돈을 대가로 사주받지 않습니다."

"사주하는 게 아니야. 말 그대로 정의를 지키기 위해서 당신들의 도움을 받는 것이지."

"정의라……."

애나머스의 신념이자 목적인 정의.

"주한·미군은 수십 년간 한국에 주둔하면서 수많은 범죄를 저질렀다. 그리고 문제가 생기면 미국으로 도피시키는 방식으로 처벌을 면했지. 너희들이 이라크 미군의 성추행과 비밀을 까발리는 것만큼이나 한국에서는 수많은 범죄가 일어나고 있지."

미군이 이라크에서 나쁜 짓을 하면 애나머스가 나서서 그걸 폭로한다. 그래서 미국 정부는 이를 바득바득 갈고 있었다.

"그게 이라크가 아니라는 이유로 감춰질 이유는 없지. 도리어 선진국일수록 감춰지는 것은 역차별이라고 생각되지 않나?"

확실히 역차별이다.

"더군다나 대한민국은 미국이 인정한 최우방 국가 중 하나야. 미국이 그런 국가를 대상으로 도리어 범죄자의 도피를 도와주는 것은 부당한 일이지."

"당신네 나라는 도대체 뭐하는 겁니까?"

"우리나라는 친일 · 친미 정권이 잡고 있지. 절대로 미국의 심기를 거스르려고 하지 않아. 거기에는 국민의 희생을 감수한다는 생각마저 들어 있다는 게 문제지."

"국민의 희생."

애나머스가 가장 싫어하는 말, 국민의 희생.

그들이 해야 할 일을 하지 않는 대신에 국민들을 희생시켜서 이득을 취하는 정치인들. 그런 정치인들이 애나머스를 발족시켰다.

"거절한다면?"

"내가 불이익을 줄 이유는 없지. 그럴 위험을 감당할 자신도 없고."

사실 애나머스를 적으로 돌린다는 것 자체가 멍청한 짓이다. 당장 애나머스를 적으로 돌리면 내일 아침이면 그 사람의 인생 자체가 인터넷에 까발려지니 말이다. 막말로 카드 번호만 까발려져도 사람은 파산할 수밖에 없다.

"기본적으로 우리는 의뢰받아서 움직이지 않지만……."

노형진을 바라보면서 뭔가 곰곰이 생각하던 그는 천천히 입을 열었다.

"이번 경우에는 잠깐 부수입을 만들어도 되겠군요."

'나이스!'

하지만 모든 것이 끝난 것은 아니었다.

"단, 확신은 못합니다. 나 말고도 다른 사람들의 의중을 물어봐야 하니까요."

"당연히 그래야지."

아까는 공격적으로 나갔다면 이번에는 저들의 자존심을 좀 살려 줘야 하는 시점이다. 애나머스를 적으로 돌리고 싶은 생각은 전혀 없으니까.

"가 보십시오."

"나중에 좋은 소식을 가지고 다시 볼 수 있으면 좋겠군."

그 말에 카를로스는 피식 웃었다.

"일이 잘된다면 우리는 만날 일이 없을 겁니다."

그 말이 맞기에 노형진 역시 씨익 미소를 지었다.

"기다리겠네."

노형진은 말을 끝내고 남상주를 데리고 바깥으로 나왔다.

그러자 남상주는 고개를 갸웃했다.

"정식으로 고용하는 게 아닌가?"

"저들은 고용할 수 있는 대상이 아닙니다. 적당히 이용할 수밖에 없어요."

사실 애나머스와 선이 닿아 있다는 것만으로도 전 세계에서 가장 위험한 인물이 될 판국이다. 막말로 애나머스가 작심하면 어지간한 곳은 안 뚫릴 수가 없기 때문이다.

"그저 좋은 대답을 기다리는 수밖에요."

당근과 채찍을 적절하게 섞었으니 노형진이 할 수 있는 것은 다 한 셈이었다.

"그저 시간이 해결해 줄 일입니다."

⚖️

그로부터 며칠이 지난 시점이었다.

"노 변호사님."

호텔 문 바깥에서 들리는 소리에 노형진은 고개를 갸웃하면서 문을 열었다. 거기에는 흐트러진 모습을 한 엠버의 모습의 모습이 보였다.

'웁스.'

순간 노형진은 그녀의 모습에 심장이 철렁했다. 하지만 최대한 티를 내지 않으면서 애써 미소 지으면서 그녀를 바라보았다.

"좋은 아침입니다, 엠버 양."

"흠? 아무렇지도 않으세요?"

"뭐가 말입니까?"

"이런 모습에 자극이 없으신 건가요?"

"없겠습니까? 그저 참을 뿐이지요."

"호호호."

어차피 부정해 봐야 엠버 같은 전문 변호사가 모를 리 없다. 그리고 그걸 노리고 온 것일 테고 말이다.

"들어가도 될까요?"

"윗 단추를 잠가 주신다면야."

그 말에 엠버는 빙긋 웃더니 고의적으로 터 놓았던 블라우스의 위쪽 단추를 잠그고 옷을 단정하게 했다.

"이 정도면 초대받을 만한 복장인가요?"

"환영합니다."

노형진은 옆으로 살짝 비켜 줬고 엠버는 그 안으로 들어왔다.

"그런데 이런 아침부터 어쩐 일이십니까? 무슨 좋은 일이라도 있습니까?"

"있다면 있지요."

그녀는 웃으면서 가방에서 한 뭉치의 서류를 꺼내 들었다.

"이게 뭔지 아시나요?"

"저야 모르지요?"

"우리가 담당하고 있던 사건의 모든 기록입니다. 오늘 아침에 제 이메일로 왔더군요."

"아침에요?"

"네."

"허, 신기한 일입니다."

"아시는 게 있을 것 같은데요?"

"전 잘 모르겠는데요?"

노형진은 사실 살짝 놀랐다. 그는 이름만 밝혔을 뿐이다. 그런데 그쪽에서는 그를 털어서 엠버가 관련되어 있다는 사실을 알아낸 뒤 담당 변호사가 그녀인 걸 알고는 그녀의 메일 주소를 알아내서 사건 기록을 보낸 것이다.

'대단하군. 역시 애나머스라는 건가?'

사건 번호도, 담당도, 심지어 누구 사건인지도 모르는데 그들은 그걸 알아내서 연락한 것이다.

"진짜로 모르세요?"

"전 모릅니다."

"흐음……."

미심쩍은 표정이 된 엠버였지만 더 이상 캐묻지는 않았다. 중요한 것은 그게 아니었기 때문이다.

"하긴 상관없지요. 중요한 건 우리에게 중요한 증거가 생겼다는 것이지요."

그러나 애나머스에서 온 것은 그것만이 아니었다. 때마침 전화기가 울렸고 노형진은 무심결에 전화기를 받아 들었다. 그곳에는 한국에 있는 송정한의 이름이 붙어 있었기 때문이다.

"노 변호사!"

"이 시간에 어쩐 일이십니까?"

"큰일 났네! 우리 서버가 해킹당했어!"

"네? 해킹요?"

이 무슨 뜬금없는 말이란 말인가? 해킹하는 것은 쉬운 일이 아니다. 더군다나 다른 곳과 다르게 전문 보안 업체를 고용해서 외부에서의 해킹을 막도록 되어 있다. 그런데 해킹이라니?

"도대체 누가 말입니까?"

"모르겠네. 그런데 사건 파일들이……."

"설마 사건 파일들이 모조리 날아간 겁니까?"

그럴 가능성도 있다. 누군가 사건을 덮고 싶어서 서버 자체를 날려 버릴 수도 있다.

'그나마 백업해 둔 것이 다행인가?'

이것이 법이다

노형진은 의무적으로 이틀에 한 번씩 백업하도록 했기 때문에 다행히 그다지 타격이 크다고 생각하지 않았다. 하지만 그다음 말은 천하의 노형진이라고 할지라도 당황할 수밖에 없었다.

"그게 아닐세! 도리어 사건 파일들이 넘쳐나네. 서버가 꽉 찰 정도야!"

"사건 파일이라니요? 디도스 공격입니까?"

"아닐세. 주한 미군의 범죄 기록들이야."

그 말에 노형진은 깜짝 놀랐다. 설마 그들이 그렇게 적극적으로 나올 거라고는 생각도 못했기 때문이다.

'이거 보답치고는 엄청난데?'

그들을 수사하는 방식을 알려 줬으니 보답이 있을 거라 생각하기는 했는데 사건 기록을 진짜로 모조리 보내 줄 거라고는 생각도 못 했다.

"이거 어쩌지?"

갑작스러운 사태에 송정한은 어쩔 줄 몰라 하는 것 같았지만 노형진은 입에 미소가 지어지는 것을 느꼈다.

"그거 모조리 백업해 두세요. 두 개 해 두세요."

"백업?"

"네, 주한 미군의 범죄를 우리가 싹쓸이하는 겁니다."

"아! 좋은 생각일세. 내 바로 백업하지. 외장 하드를 도대체 몇 개를 사야 하는 거야?"

송정한이 기대에 들뜬 목소리로 말하고 전화를 끊자 노형진은 전화기를 내려놓으면서 신나게 웃기 시작했다.

"하하하! SOFA란 말이지! 하하하! 재주껏 해 보셔! 하하하!"

그렇게 한국과 미국의 사이에 누구도 예측할 수 없는 지각 변동이 시작되었다.

다음 권으로 이어집니다

이것이 법이다

상남자 나가신다

박동신 현대 판타지 장편소설

『몽왕괴표』『불량학사』의 박동신!
이제까지 듣도 보도 못한 괴짜를 내놓다!

마계에서 온 초인, 상남자 오르신
지상에서 잘 살기 위해 마기와 돈을 모으다!

나쁜 말을 해도 맞는다!
나쁜 행동을 해도 맞는다!
음란마귀는…… 스킨십(?)으로 계도한다!

악인이 가진 악기를 흡수하기 위해
폭력과 애무 스킬로 고흥 시내를 초토화시킨 오르신!
나름 모두를 착한 사람(?)으로 만든 그는
시선을 돌려 대도시, 광주로 향하는데……

웃음, 액션 그리고 의도치 않은 감동까지
그 녀석에게 이상하게 끌린다!

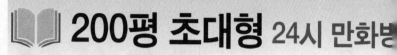

200평 초대형 24시 만화병

📖 수원시청점

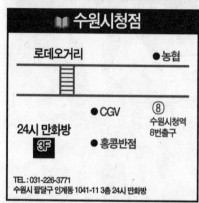

로데오거리　　　●농협

24시 만화방
3F

●CGV

⑧
수원시청역
8번출구

●홍콩반점

TEL : 031-226-3771
수원시 팔달구 인계동 1041-11 3층 24시 만화방

수면실
(침대식)

사우나석

2인석

샤워실

세탁기

신간100%

📖 의정부점

의정부역 ④
⑤

흥선지하도

◀서울방향

진성약국

던킨도넛츠

24시 만화방
3F

TEL : 031-856-3971
경기도 의정부시 의정부동 197-13 3층

📖 안양점

●안양역

육교

◀관악역

명학역▶

●농협

24시 만화방
2F
안양일번가

TEL : 031-466-3771
경기도 안양시 안양동 674-163 공룡고기건물 2층

📖 주안점

주안
남부역

◀제물포

민병철
어학원

간석동▶

24시 만화방 6F

TEL : 032-426-2871
인천광역시 주안남부역 지하상가 4번 출구 GS25시 건물 6층

📖 안산점

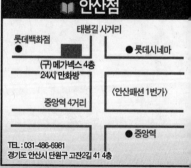

롯데백화점

태봉길 사거리

●롯데시네마

(구) 메가넥스 4층
24시 만화방

〈안산패션 1번가〉

중앙역 4거리

●중앙역

TEL : 031-486-6981
경기도 안산시 단원구 고잔2길 41 4층

Raid Collector

고샅 현대 판타지 장편소설

레이드콜렉터